モノノ怪　鬼

角川文庫
24201

目次

登場人物

小梅《こうめ》　常人離れした体躯《たいく》と武勇を持つが、実際は心優しき乙女。そのあまりの強さから「鬼御前」の異名をとる。

帆《ほ》足鑑直《あしあきなお》　玖珠《くす》郡帆足郷の若君。山で小梅と出会い、恋に落ちる。

帆足孝直《たかなお》　帆足郷の当主。山間の小領主として苦労が絶えない。

古後《こご》摂津守《せっつのかみ》　小梅の父。玖珠郡の諸侯をまとめる盟主で古後郷の領主。人望はあるが、一方で小賢《こざか》しい策を弄《ろう》しがち。

豆姫《まめひめ》　小梅の妹。自分とは何もかも違う姉に複雑な思いを抱く。

伊地知《いぢち》典元《のりもと》　玖珠郡に逃れてきた島津家重臣の若者。豆姫に匿《かくま》われる。

新納《にいろ》忠元《ただもと》　島津玖珠郡方面攻略軍の総大将。島津四天王の一人と称される名将。

慈円《じえん》　島津の陣僧。「鬼道」と自ら呼ぶ妖《アヤカシ》の術を操る。

第一話　牛《うし》鬼《おに》

一

谷を渡って涼やかな風が吹き上げてくる。

阿蘇《あそ》に連なる優美な九重連山《くじゅうれんざん》を南に望み、火山の王につき従う峰々の一角に、日出生城《ひじゅうじょう》という小さな山城がある。

城と言っても見上げるような城郭があるわけでもなければ、立派な石垣があるわけでもない。普段その城に人はおらず、そして周辺の村々を統べる帆足《ほあし》一族の本城は、ここから数里離れた山の斜面に貼り付くように広がっている。

帆足家の支城である日出生の城には普段人こそ詰めていないが、中は美しく掃き清められている。山仕事に来る杣人《そまびと》や狩人《かりゅうど》は雨露や熊や狼を避けるため、城の建物を自由に使って良いことになっている。

帆足郷は玖珠《くす》郡の北東にあり、玖珠川に合流する二本の清流に挟まれた地だ。

大小の扇を広げたような二つの岩山と、日出生台という広大な草原も帆足のうちに入るが、そのほとんどは耕作に向かない荒れ地である。東は由布《ゆふ》、北は豊前《ぶぜん》、西は角牟礼《つのむれ》、そして古後摂津守《こごせっつのかみ》の版図と境を接している。摂津守は玖珠郡に散在する国衆をまとめる盟主だ。

城の中心になる天守とも言えないほどの御殿の奥に、小さな妙見菩薩《みようけんぼさつ》の祠《ほこら》と古井戸がある。妙見菩薩は星中の最尊、北極星の化身であり、日と月、憤怒《ふんぬ》と慈悲の両極の力を持つとされ、郡内では古城の水場に祀《まつ》られることが多い。いつから祀られるようになったかは定かではない。

先年元服したばかりの少年、帆足鑑直《あきなお》は、父であり帆足一族の長、孝直《たかなお》の命を受けて城を検分している。城の構えの内をくまなく歩き、最後に小さいが城で一番高い位置にある祠に参ったあと井戸のほとりで体を休めていた。

ごおお、と井戸の奥から風か水が鳴くのが聞こえる。妙見さまの祠は玖珠郡の山中にいくつもあり、その多くは古い水場近くに祀られている。かつては年々祭りも行われていたがいつしかそれも廃れ、今はただ妖《アヤカシ》が出ると子供たちが噂するのみだ。

ただ、その噂は以前より影を濃くしている。山に慣れている者がたて続けに山で難に遭い、その死にざまの残酷さから妖異《ようい》の仕業ではないかと恐れられている。鑑直はそこまで恐れてはいない。恐れ以上の楽しみが山にはある。

その時、一人の旅商人がゆっくりと参道を歩いてくるのが見えた。見たことのない異相の男だ。大きな行李《こうり》を背負い、艶《つや》やかな衣の裾《すそ》が山の緑に映えて輝いている。男は祠の前でわずかに頭《こうべ》を垂れ、しばらく口の中で何かを唱えていた。そこから漂ってくるのは薬草の匂い、どうやら薬売りのようだ。

祈りを終えた薬売りは社に顔を向けたまま、

「もし、そこの御仁」

不意にそう声をかけてきた。

「人に仇為《あだな》す異形……鬼とでも申しましょうか」

「鬼？　そんなものはここには……」

と言いかけて思い出した。

「牛鬼《うしおに》っていうのが出るそうだ。旅人に道を迷わせて取って食うんだってさ」

「ほう、牛鬼ですか……。見たことは、おありですか？」

「見つけたら退治してやるよ」

と力こぶを作って見せる。男はわずかに目を細めた。

「そうですか……」

振り向いた薬売りはゆっくりと山を見回すと参道を去っていった。

祠から見る山は深い森に覆われ、どこにいても肺の隅々まで染み渡るような、清らかな潤いの気配に満ちている。その中に華やいだ香りが混じっているのに気づいて、鑑直の胸はざわざわと甘く波立った。獲物を前にしても狼を見ても波打たないように鍛えてきたその心が、この香りを嗅《か》ぐと滾《たぎ》りが抑えきれなくなる。

だが、その香りの主は簡単には姿を見せてくれない。言葉を交わすのにふさわしい相手なのかどうか、この山の主を受け継ぐ者として相応の力がなければ、山の女神に目通りを叶《かな》うことはないのだ。

「今日こそは捕まえてやるぞ！」

勢い込んで人気《ひとけ》のない城に向かって叫ぶ。

「それ、もう聞き飽きたよ」

どこからか声がする。声は妙《たえ》なる響きをもって四方にこだまし、また耳に入ってくる。

「何度だって言うからな」

「その執心だけはほめてあげる。おいで。暇だから付き合ってあげる」

鑑直はからから声のする方をきっと睨《にら》みつけ、肩の力をそっと抜いた。呼吸を深く静かなものへと変えていく。呼吸を一つ深くするごとに、己の中に日出生城そのものを蔵するように観想していく。

目で見ず、耳で聴かず、心で感じる。大いなる山に己を重ねていく。あの人を捕まえるには、ただその姿を追い求めてもだめだ。

ここ数ヶ月追い続けてきた人の香りが城の中に漂っている。芳しい藤の花の匂いは四方から彼を包み込み、惑わせる。だが、全てに源がある。

迷ったら源を目指す。苦しくとも下るな。頂を目指せ。

鑑直に兵法を教えた旅の武術者はそう言っていた。水が低きに流れるように、人の心も易きに流れるという。戦いの中ではその人の心の傾きを読むことが大切だ、とも。

これまでのところ、城に現れた美しい少女との勝負ではことごとく動きを先に読まれて敗北を喫していた。勝ち負けを決するのはたった一つの約束事で、それは先にそのつむじに触れた方が勝つ、というものだ。

人の体でも急所中の急所であるのが頭蓋《ずがい》だ。刀や槍《やり》であっても組討ちであっても、相手に頭を取らせないことは勝敗の要《かなめ》となる。山を舞台にして少女と追いかけっこをしているうちに、これまで十分鍛え上げてきたと自負してきた武芸の腕にはすっかり自信を無くしてしまった。だが楽しいので続けている。

音と香りがそれぞれの源を発して己の五感に達する頃には、城と山のどこに何がいるのか、それこそ軒に止まっている鳥の数まで悟ることができるようになっていた。

そして鳥や草花とは違う気配が、この城の中に自分以外にもう一つある。それがいつも以上にはっきりと感じられるのがうれしかった。

相手の気配をとらえたまま、今度は己の気配を消していく。人や獣は生きている限りその存在や痕跡《こんせき》を完全に消し去ることはできない。だがいないように見せかけ、感じ取らせないようにはできる。肉食の獣や猛禽《もうきん》が山と空に君臨し、他方で草や木の実を食する弱き者たちがいて共に滅びないのは、どちらも相手に悟られぬよう力を尽くしているからだ。

相手がこちらを見ている。もう捉《とら》えているぞと気配が笑う。

そう思い込んでいるなら、思い込ませたままでさらに上を取る。この数ヶ月、相手に出し抜かれ続けてたどり着いた真理がそれだった。

鑑直はそっと足を進めるが、周囲の空気は静まったまま動かない。この技を身につけるのに三月《みつき》を要した。

祠の屋根の上からこちらの様子を探っている相手の気配を見逃さないように、少しずつ距離を詰めていく。元いた場所に、先ほどまで身につけていた薬籠《やくろう》を置いてある。山に出入りしていると傷が絶えない。その傷を癒《いや》すための薬の材料はやはり山から授かる。薬草の多くは強い匂いを発し、その薬効を人に知らしめる。もちろん、強い匂いは己の存在を明らかにしてしまうのだが、鑑直はここ数日、あえて傷薬を体に塗って山に上がっていた。

そして今日は、薬籠だけを持って膏薬《こうやく》を傷に塗ることはなかった。百度を超える勝負で、彼女がどうして毎回鑑直の先手を取れるのか。それは常に彼女が頭上から気配を摑《つか》んでいるからだった。人は背後の気配には敏感だが、頭上の気配にはやや鈍い。人の暮らしの中では、前後左右の獲物や敵に敏感でなければならない。

山中には巨岩や大樹があり、そこは恰好《かっこう》の隠れ場所だ。山人はそこをうまく使って狩りをし、また戦う。山の民が山を上手《うま》く使って戦うことは当然のことではあるが、頭上まで自在に使って戦える者は数少ない。

鑑直はこういう一対一の勝負を好んでいた。今の戦の形は、村の老人から聞いたものとは大きく様変わりしている。一族郎党が数十人から数百人小競り合いを行うのではなく、数千数万の人間が正面からぶつかり合うような戦いが増えている。

九州《きゅうしゅう》豊後《ぶんご》の大大名で帆足家も頼っている大友《おおとも》家に従い、何度か戦に出たことがあるが真正面から無数の命を叩《たた》き潰《つぶ》すような、酷《むご》いものだった。

忍びとして雇われて探索の任に当たっただけで、鑑直の弟、吉高《よしたか》は重傷を負うことになった。郷を守るために戦うことに恐れはないが、大きな戦などごめんだ、と身内で話したものだ。

だからこそ、この城と山で行うような戯れのような「戦い」が楽しくて仕方がない。その楽しさの理由を鑑直はよくわかっていない。芳しい香りの源を探り、美しい黒髪のつむじに触れることを考えるだけで、全身が沸き立つような心持ちがする。

その時は近づいている。これまで手の届く間合いにまで入れたことはない。今回に限っては、こちらの気配に相手が気づいていないようだった。

これまでも近づかせておいて、いつの間にか上を取られたことがある。だが今回は違う。相手も同じように五感を使ってこちらの気配を探っているのは分かっていた。薬籠から放たれる膏薬の強い香りが、うまく鑑直の気配を隠してくれている。

もう少しでこちらの手が届く。全身の力を抜き、わずかに膝《ひざ》をたわめる。決戦の時が近いほど、体の力を抜かなければならない。柔らかく、漂う風に己の心と体を乗せていく。一気に摑みかかるのではなく、緩やかに包み込んでいく。気づいた時には相手は己の爪の下にいる。それが山での戦に勝つということだ。

二

黒く艶《つや》やかな髪が芳しい香りの源だ。

ここまで近く、そして強くその芳香を感じたことはない。手の届く距離に、これまで平静を保っていた心の臓が大きく躍動した。

日光を受けて艶《あで》に輝く髪がわずかに揺れてこちらを振り向いた。ニコリと笑った口元にかわいらしい八重歯が覗《のぞ》いた。それに一瞬目を奪われている間に、つむじを軽く叩かれてしまった。

「今日も私の勝ち」

凛《り》々《り》しく目じりがきゅっと上がった大きな瞳《ひとみ》がこちらを覗き込んでいる。この辺りではあまり見かけない、すっきりと鼻筋の通った美しい顔立ちの若い娘だ。ただ、普通の少女と違うのは鑑直が見上げるほどに大柄な体つきをしていることだった。

「……きれいだ」

思わず口から漏れ出た言葉に、少女は一瞬あっけにとられていた。

「負け惜しみに変なこと言わないで」

「負け惜しみなんて言っていない。今日は惜しかっただろ?」

「負けは負け」

「惜しかったから名前を教えてくれ」

少女はけたけたと笑い、

「小梅《こうめ》」

と名乗った。その堂々たる体軀《たいく》と身動きの隙のなさと、かわいらしい名前が不釣り合いでますます好もしいと鑑直の心はときめいた。

さらに話そうと試みた時には、その美しく大柄な少女の姿は消えていた。確かにここにあった香りもまだ鼻の奥に残っているのに、立ち去った気配がない。城のどこから出て山のどの方向に消えたか、それすらもうかがうことができない。呆然《ぼうぜん》としていると背後の方から鑑直を呼ぶ声がした。

弟の吉高が、山によく響く声で自分を呼んでいる。鑑直は刀の柄《つか》で広間にある柱を一つ叩いた。山から切り出した椎《しい》の大木で作った城の大黒柱は、乾いた良い音を立てる。鑑直は吉高ほどの良い声は出せない。戦場では兵たちに命令を下すための大音声が必須《ひっす》だが、鑑直の声は元服した男子にしてはやや細かった。

「兄上、これより軍議を開くそうです」

声は良いが、吉高には右腕と右目がない。大友家の命で探索方として島津《しまづ》との戦に出た際に乱戦に巻き込まれ、年若いながら仲間を守るためにしんがりとなって戦い重傷を負っていた。

「また何か揉《も》め事か？」

帆足郷は四方を山に囲まれた小天地だ。その小天地の中での争いをどれだけ収めても、山を隔てた先にある大きな力同士の諍《いさか》いに巻き込まれることからは逃れられない。

「もう戦は嫌だな」

「俺だっていやですよ。これ以上目玉や足がなくなったら大変だ」

吉高は不自由な体を軽やかに使って山道を進んでいく。鑑直は大きな戦が好きではない。戦は華々しいが、その陰で多くが死んだり体を損なったりする。命を拾ってもその傷のせいで働けなくなる。誰もが力を尽くして働かなければ生きていけないのが山の暮らしだ。美しいが貧しい土地で、命や体を損なうような戦に何の意味があるのか。

「それで、やはり相手は島津なのか」

「残念ながら」

「勘弁してくれ」

代々受け継いできた土地を奪おうとする者が現れれば命を失おうと肉体を損おうと、戦わなければならない。一族郎党を養えなくとも、玖珠郡《こおり》衆《しゅう》は境を越えて奪いにはいかない。生きてゆくことを第一とし、その先にある豊かさへの欲を抑えなければ、山では生きていけない。

帆足の地名を冠した鑑直の家は、この小天地をまとめ上げる有力な一族だ。天平の古き世より前に人が住まうようになって久しく、そして帆足家をはじめとする国衆たちが中心となり「侍の持ちたる地」として数百年の時を過ごしてきた。

帆足家当主の嫡男である鑑直は、道を歩けば「若君さま」と人々に頭を下げられる立場にあるが、父からは民に対して決して傲慢《ごうまん》な態度をとってはならぬ、と厳しく戒められている。

何かことが起これば時に命を懸け共に戦う仲間であり、人数が限られている山間の小勢力では一人一人をおろそかにすることはできないのだ。

「それにしても兄上、また一人で日出生の城に登っていたのですか」

「何かことが起きた時に使う城なのだから、親しんでおくのは悪いことじゃない」

「親しんでいたのは本当に城や山だけですか？」

何か勘づかれていたのか、と恥ずかしくなったが何も悪いことをしているわけではない。

「軍議なんだろう。早く里に降りるぞ」

山道は険しいものの、馬一頭と兵一人が並んで歩けるぐらいの道が整えられている。閑散とした山間ではあるが、それでも久留米《くるめ》と国東《くにさき》を結ぶ街道が通っている。歩くのに邪魔になる石や木の根は、郡の人々が少しずつ取り除いた。ただ、道は整えられているが山のあちらこちらに砦《とりで》が築かれ、外敵を迎え撃つ備えも抜かりはない。

うっそうと生い茂った木々に隠されて城の構えは麓《ふもと》からは窺《うかが》えない。山のあちこちにしつらえられた物見台からは、城に迫ろうとする敵の動きを逐一摑《つか》めるようになっていた。敵味方の動きを互いに伝え合うために、鑑直はそれこそ山ネズミの巣穴一つにまで精通しているつもりだった。

その彼をもってしても、日出生城に現れる小梅という謎の少女を捉《とら》えることができない。彼女への想いは募る一方で、自分以上に山を速く走り、この山と城を知っているものがいるなら、もし彼女が敵側の人間となった時に退けることができなくなる。それが気がかりではあった。

三

戦になれば、あの子を追いかけることもできなくなる。日出生の城は普段は使われていないが、戦時には街道の要《かなめ》を押さえる大切な拠点となる。そうなれば、彼女が敵や密偵と間違われかねない。

ただでさえ山の怪異が人々を脅かしている中、島津も迫ってくる。帆足家の人間としていつまでも遊んでいるわけにはいかなくなる。ため息と共に郷の入口近くまでくると、人のわっと笑う声が聞こえた。そのざわめきの中心にいる男を、日出生の城で見かけたような気がした。

あらためて見ると、男は明らかに異相だった。

春秋の花の盛りをそのまま写したような鮮やかな小袖《こそで》を身にまとい、鼻筋の通った涼やかな顔にはこれも目を奪う隈取《くまどり》が施されている。頭は頭巾《ずきん》で覆っているが僧形ではなく、銀色に輝く髪が背中に垂れている。

男は大きな行李《こうり》を傍らに置いている。その前に並べられているものを見て、この男が旅の商人であることを知った。各種の丸薬や塗り薬がその効能書きとともに並べられている。旅の商人や山伏たちが奇妙な恰好《かっこう》をして人目を引こうとするのは、珍しいことではない。

だが、人々が見ているのは並んでいる薬の数々ではなかった。

三尺四方ほどの緋色《ひいろ》の毛氈《もうせん》の上に二体の小さな人形が立っている。男がふっと息を吹きかけるとその一方が少年の姿に変わった。

その姿を見て鑑直はぎょっとした。人形の衣装の色は今日着ている衣と同じ、そしてその土人形の顔は鑑直自身そのものであったからである。里の人々がそれに気づいている様子はないのも奇妙だった。

そして、薬売りがもう一方の人形になにやら歌いかけると、その人形はゴッゴッとした体つきの醜い怪物へと変わっていった。鑑直に似た少年は、その怪物に引きつけられるように近づいていく。危ない危ない、と人々が囃《はや》し立てる。

鬼がずっと少年を見つめていたが、やがて背中を向けて逃げ始めた。予想に反して鬼が逃げているのを見た人々は、しきりに野次を飛ばす。だが、その鬼の表情を見てその野次はやがてしんと静まり返った。逃げている鬼の顔には笑みが浮かんでいたからである。

相手が鬼であるにもかかわらず少年は追い続ける。二人は時に走り、時に踊り歌い、その様は見る者を楽しませた。人々が手を打って二人の遊びを盛り上げている間、鬼はずっと少年に背中を向けていた。その鬼の人形は何かにつまずいて思わず、その顔を少年に向けてしまった。

楽しげに遊んでいた少年はその様子を見て表情を一変させた。

遊び相手であったその鬼に対し、少年が腰の刀を抜いた。鬼もそれまでの楽しげな様子から一気に本性をあらわす。体が膨れ上がり、巨大な角と爪が伸びて光を放ち、禍々《まがまが》しい姿へと変貌《へんぼう》した。

今や少年の顔には楽しそうだった表情は消え、敵意と恐怖に満ちたものとなっていた。少年の顔が奇怪な鬼の顔を上回るようないびつな憎悪に塗り換えられていく。

鬼は一度激しく咆哮《ほうこう》し、その爪と牙《きば》を少年に向けた。両者の体が交錯し、次の瞬間、鬼の首が地面に落ちた。鬼は両腕を広げたままでその爪を少年に振り下ろすことはなく、牙が首筋を食いちぎることもなかった。

観客たちは満足し、それぞれ必要な薬を買って家に戻っていく。

鑑直はただじっと、首を落とされた鬼の土人形を見ていた。化け物を殺すことは間違ったことではない。人に仇《あだ》をなす妖《アヤカシ》の話は、阿蘇の山裾《やますそ》でも珍しいものではない。鬼は人に遭えば人を食う。だから人は鬼を見つけたらそれを斬らねばならない。

その時、じっとこちらを見る視線を感じた。

顔を上げると、薬売りが半ば笑みを含んだような表情で鑑直を見つめている。

「お楽しみいただけましたか」

男はゆっくりと耳に心地よい声で聞いてきた。

「話の結末が気に入らない。なぜ殺した」

「人が人以外のものと交わると災いを招くというのは、世の常でしょう？」

薬売りが静かに言う。

「ましてやモノノ怪《け》と共にあるなど。モノノ怪は滅ぼすしか道がないのですから」

「もし滅ぼすことができなければ、どうなるのだ？」

「そりゃあ、あなたが滅ぼされるだけだ」

なんとも不吉で不快なことを言うやつだ、と鑑直は腹を立てた。

「ここにはそんなものはいない。薬を売り尽くしたらこの郷から去るが良い」

「ええ……。この地からモノノ怪がいなくなれば、いずれ」

モノノ怪などここにはいないから、と鑑直は念を押すように言って薬売りの前を離れた。

四

館に戻ると、館の周りにも人だかりができていた。周囲の国衆から使いが来ることは珍しくないが、このように人だかりまでできるのは滅多にないことだ。館の壁の周りには、人々を近づけないように数名の兵が槍《やり》を持って立っていた。これも珍しいことだ。

「妙見丸《みようけんまる》さま、梅千代《うめちよ》さまがお待ちかねだよ」

鑑直を見つけた老兵の一人が、慌てているせいか父子を幼名で呼び、早く入るようにと手招きをした。門をくぐる前に強い薩摩《さつま》訛《なま》りの男たちが声高に話しているのが聞こえる。

鑑直が門を入っても、ちらりと一瞥《いちべつ》をくれただけで会釈をするわけでもない。

「薩摩の使者が何の用だ」

薩摩と帆足の里がある玖珠郡はさほど遠く離れているわけではないが、言葉の訛りはかなり違う。横を通り過ぎる短い間でも、話の内容の半ばは理解できなかった。ただ、こちらを向いて何やら気味の悪い笑みを浮かべているのが不愉快だった。

館の広間に至ると、上座に父の帆足孝直が座り、下座に薩摩からの使者が座っていた。若い侍が一人、そしてもう一人は僧侶《そうりょ》であった。

広場にはちりちりと張り詰めた空気が流れていた。喧嘩《けんか》をしに来たわけではないから皆表向きは平静を保っているのだが、鑑直は父が激怒していることがよくわかった。怒りの証《あかし》である青筋が首のあたりにくっきりと浮かんでいる。

鑑直は後見人をしている叔父《おじ》に手招きされて廊下に腰を下ろし、薩摩からの使者が何を言うのかと耳を澄ましていた。

「我らに合力していただければ悪いようにはいたしません。ここ何十年世の中は乱れ、九州でも戦が絶えませんでした」

この時、九州は南に島津、北西部に大友、北東に竜造寺《りゅうぞうじ》といった大勢力が割拠し、その間に星のように散らばる無数の国衆や土豪たちがひしめきあい、それぞれの土地を文字通り懸命に守っている。父祖から伝えられた土地を守ることが第一であり、そのために最善の道を選ぶべく四方の諸勢力との交渉は欠かせない。

「耳川《みみかわ》の戦いで島津と大友の力は完全に逆転いたしました」

慈円《じえん》と名乗った使僧は絵図を広げて力説する。これまで大友家は豊後・筑前《ちくぜん》・肥《ひ》前《ぜん》・筑後《ちくご》・豊前・肥後《ひご》を影響下に置く九州の覇者だった。

天正《てんしょう》六年、日向伊東《ひゅうがいとう》家の要請を受けた大友家当主は、大軍を率いて南下を開始した。その狙いは島津の討伐。しかし日向耳川の合戦で島津義久《よしひさ》に大敗北を喫し、大友家の柱石である佐伯《さえき》、吉岡《よしおか》の諸将を失った。

この敗北で、それまで大友家に従っていた肥前の竜造寺、筑前の秋月《あきづき》や筑紫《ちくし》が離反。一族の重臣たちですら離反が相次ぎ、島津に降《くだ》る者も続出した。

その流れを受けた島津は九州南端、薩摩・大隅《おおすみ》を完全に掌握した後に日向を押さえ、さらには肥後にも手を伸ばして一気に勢力を伸長した。

窮した大友は本州の天下人に接近し、さらには残った勢力を各地に派遣して島津に抵抗。この島津への反攻戦に玖珠郡衆《こおりしゅう》も動員されていた。

その後戦が長期にわたる様相を見せたことで、一度和睦《わぼく》が成立していた。しかし、本州での新たな天子を巡る混乱に乗じ、大友家を支えてきた名将、立花道雪《たちばなどうせつ》が陣没したことで情勢は一変。島津は九州平定の野望を隠さず北上を始めたのだ。

帆足郷のある玖珠郡は天険に四方を囲まれ、大勢力に従属はするものの臣下とはならず「侍の持ちたる地」として長く自立してきた。

島津が九州を完全に平定するにあたって、敵となる者が籠《こも》ると厄介なこの小天地に調略の手を伸ばすのは自然な流れではあった。

「長く盟約を結んできた玖珠郡の国衆たちを裏切れと申されるか」

それは言葉が悪い、と慈円は大仰に手を振った。

「帆足郷の人々は義に厚く戦に強い。不義をせよ、ではなく賢明な判断を下されよと申し上げております。島津の強さは帆足さまもご存じでしょう。戦となれば、しかも我らを相手とするなら多くの人死にが出る。それよりは我らに合力して父祖以来の地を守り、さらに新たな知行を得て共に富貴の道を歩むべきではありませんか」

なるほど、と父はしばらく考え込む様子を見せた。

「島津どのの力は阿蘇九重山麓《さんろく》一円に鳴り響いておる。何百年とその家を保ち、九州屈指の弓取が揃っている。真正面から戦って勝てる相手ではない」

慈円は調略がうまくいく予感にわずかに前のめりになった。

「しかし甘い誘いに乗って旗を翻すような者たちが、周囲から敬意を持って迎えられるだろうか。島津も寝返ったからと言って、強弱を理由に簡単に寝返る人間を心から信用し、味方として迎え入れる約束ができようか」

「それはもちろん」

慈円は自信たっぷりに頷《うなず》いた。

「先年薩摩、大隅を一統した際にも、各地に割拠する諸侯を友として迎え、今では共に繁栄を楽しんでおります」

ほう、と孝直は目を細める。

「我らは阿蘇を仰いで長く暮らし、当然島津の方々の強さもよく知っている。一族郎党結束し、戦となれば鬼神のごとき強さを見せる。だが、新たに加わった者たちを先頭に立てて大切な同胞の盾にするという話も聞いておるぞ」

慈円はわずかに苦い表情を浮かべた。

「我ら山の民は探索方としてあちこちの戦場に出向いて見聞きしているのでな。返り忠は信用ならざるものとして、その心底を測ろうとする気持ちもわからんではないが、辞を低くして寝返りを頼んだ後、盾にされるのではたまったものではない」

慈円は顔に浮かんだ苦みを飲み込み、

「そのようなことは決していたしません。玖珠郡衆は別格でございます」

使いに来た二人は落ち着いた口調でぬけぬけと言い放った。

「九州一円を島津の旗のもとに集めようとしている。その根本にはこの戦乱の世に静《せい》謐《ひっ》を取り戻す尊い志がございます」

「なるほど、立派な志だ」

孝直は耳を一つ掻《か》いた。

「ではもう一つ知っていることを告げようか。島津の戦いぶり、確かに勇猛果敢で将から兵に至るまで訓令はよく行き届き、その武勇は九州一だろう。だが戦の後のふるまい、尊い志に合っているとはとても言えない」

「と、申しますと？」

「捕らえたが忠誠を誓わない兵や戦いに役に立たなそうな女子供を、異国の商人に売りさばき、種子島《たねがしま》の鉄砲の代金にしていると聞いている」

いやいや、と慈円は笑って見せた。

「それは我らに敵対する者が流している虚言でしかありません。力弱き者たちが偽りを武器にして味方をとどめておこうとするのは世の常でございます。聡明《そうめい》な帆足の皆さまはそのような偽りに惑わされることなく、真に味方すべきは誰なのか。何を信じ、誰と共にあれば先祖伝来の土地を守れるのか、よくお考えいただきたい。それに……」

帆足と古後の間柄が悪いことも承知している、と付け加えた。島津の使者たちはひと月の猶予を与えると告げて、南へと去って行った。

「戦の準備をしたいならしろと言わんばかりの、余裕を持った日の取り方だ」

使者が去った後、重い沈黙が一同の間に漂っていた。

「こうして四方に使者を送ることで、島津の侵攻が近いことを大友や各地の諸侯にも知られると分かっているだろうに。己の力によほど自信があるのだな。しかし、どうすべきか。妙見丸は役に立ちそうにもないし……」

「俺は役に立ちます！」

鑑直は憤然と言った。

「ああ、すまん。古後の方だ。あいつも幼名は妙見丸でな。紛らわしい名をつけるものではなかったわい」

結局、孝直だけでなく家の者も誰一人妙案は浮かばず、皆黙り込むしかない。

鑑直にはまだ大きな戦の経験がない。探索方で雇われたことこそあるが、正規の軍勢を相手にしたことはなかった。実戦といっても野盗を相手に数人討ち取ったことがある程度だ。

九州の南に住んでいれば、島津の大きさを意識せずには暮らせない。その武力や財力、そしてその蛮勇、どれをとっても帆足郷が敵《かな》うものではない。

「古後と組むべきです」

鑑直の言葉に父は驚いたように目を見開いていた。

「いまどういう間柄かわかっていよう」

「玖珠郡は皆で手を取り合ってこそ『持ちたる地』であると教えられてきました」

「だが、あやつは変わった」

苦々しく言う。

「我らを全く信じず、境を閉ざしたままよ」

「街道の関は閉ざせても山を閉ざすことはできません」

「何か妙案があるか？」

「わずかにですが」

「力を貸す。思いつくことは何でもやるがいい」

しかし一方で、鑑直は自分たちの武勇が島津にどれほど通用するものか試してみたいという昂《たかぶ》りも感じていた。郷の仲間たちはみな山で鍛え上げられ、一騎当千の勇者も揃っている。だからこそ何代にもわたって、この小天地を国衆たちは保てたのだ。

武者震いを感じながら、門の外に出ると先ほどまでいた人だかりが消えている。

里の外から使者が来た時には郷の人々が集まり、孝直から成り行きを聞くのが常のことだった。だが、何の説明もなされていないのにもう人が散っているのは珍しかった。

数人残っていた者たちが鑑直の顔を見て頭を下げるとそそくさと去っていく。父は島津に臣従するつもりはない、と使者に明言していたが皆の心がそれでまとまっているわけでもなかった。

五

帆足郷と谷一筋を隔てた西側に、玖珠の山々がそびえている。山や谷にはそれぞれ集落があり、その人たちを束ねる国衆や土豪がいる。命の源である山や川を守っている人たちは、わずかな平地に米や芋を植えて暮らしているが、ここの産物の主なものはもちろん、山の木々である。雄大な山懐に抱かれて大きく育った木は九州一円だけでなく、遠く都まで運ばれるものもある。

谷の間を、乾いた音が小気味よく響いている。

五人がかりでようやく抱えられるような巨大な木の幹に、何度も斧《おの》が打ち付けられている。斧をふるっていた若者は不意にその手を止めて辺りを見まわす。巨木の立ち並ぶ山の中は、真昼でも木下闇の暗さがあった。

山は暮らしの源であり、崇《あが》める存在でもある。山の恵みを授かって命を支える人々は、敬意と畏《おそ》れを忘れることはない。この日も山に入る前に神に供物と祈りを捧《ささ》げていた。

なのに山の気配が一変する。山の神は時に人を脅かし傷つけ、命を奪うことすらある。その一方で助けてもくれるはずだ。山の神への祈りを口にしながら、斧を大切に胸に抱いて逃げようとした。

何かが自分を見ている。それまで話に聞いたことがあるが実際に目にしたことはないその妖異《ようい》は、山に精通したものですら心を惑わし取り殺してしまう。

何もいないのに何かがいる。何もいないという感覚を信じられない。

いつしか彼は走り出していた。だがどれだけ走っても見覚えのある杣《そま》道にたどり着かない。膝《ひざ》が震えるまで走って、あまりの苦しさに足を止める。すると目の前に、先ほど飲みほして落としたはずの水筒が転がっていた。

「う、牛鬼の道に入っちまった……」

全身から血の気が引いていくのがわかる。山において決して分け入ってはならぬ道。それは山の主と畏れられる牛鬼の道に足を踏み入れてしまうことだ。その名だけが知られ、姿を見た者はいない。名の通り巨大な牛、恐ろしい鬼と噂されるが誰からも信じるに足る話はない。

「助けて……」

あの尾根にたどりつけば、村へ続く沢が見えれば……。

しかし、よく馴染《なじ》んだはずの景色は見えてこない。その時彼を呼ぶ声が聞こえた。助けに来てくれた声のする方に走っていこうとする頭の隅に、この先には険しい崖《がけ》があるという警告が浮かんだ。

「助かりたくないのか」

声と己の記憶のどちらが言っているのか、もはや若者にはわからなくなっていた。だが同じように進んでもまた元の位置に戻ってくるだけだ。だったら、声のする方に行けば良い。

この山のことは幼い頃から誰よりも知っているはずという自負が、助けの声にすがりたいという思いに負けてしまった。

踏み跡のない道に確信もなく進んでいく。ただ、己を呼ぶ親しい声が助けてくれるという希望だけを抱いている。その一方で、この先に進んではならぬ、とこれまでの経験と先達の教えが足を止めようとする。

もう少しで声の源にまでたどり着く。

温かく懐かしい声が自分を迎えに来てくれている。あと一歩でそこに着く、と足を踏み出したところで強力にがっしりと肩を摑《つか》まれた。

「この先は崖になっている」

冷汗が首筋を流れ落ちる。激しい動悸《どうき》と息苦しさの中で、死なずにすんだという安《あん》堵《ど》が湧き上がってくる。

「お前のような山男が道に迷うとは珍しい」

そこでようやく、彼は正気に戻った。

この強く大きな手と鈴が鳴るような美しい声。山の香木のような芳しい香りが、恐怖と戸惑いを収めてくれる。

「小梅、俺は……」

「死の道に分け入っていたよ。あの先は何もないのに、踏み跡だけはついているから迷いやすいんだ」

「声が聞こえたんです」

「親か友の声がしたんだろ?」

若者はこくこくと頷《うなず》く。

「己を信じることができなくなった時、牛鬼が現れて食われてしまう」

「小梅、牛鬼が怖くないのか」

「怖くはないかな」

見上げるように背の高い、そして若木のようにしなやかな手足を持つ少女が彼を見下ろしていた。この人なら確かに牛鬼も怖くないだろうと、若者は畏敬《いけい》の念と共に見上げる。

「お前が切りかけていた木なら、私が切っておいたよ。もう怖くてこの後仕事にはならんだろう?」

帰り道、小梅は切り倒された大木をひょいと肩に担ぐと、軽々とした歩調で杣道を下って行った。

玖珠郡の国衆の一人である古後摂津守の娘、小梅と呼ばれる少女はその可憐《かれん》な容貌《ようぼう》もさることながら、身の丈は六尺近く、その膂力《りょりょく》は勇者十人力とも二十人力とも言われていた。

若者は知っている。この小梅が力を発揮すれば二十人力どころではないだろう。屈強な郷の男が何十人がかりかでようやく麓《ふもと》におろせるような大木を、軽々と肩に担げる。だが、もう少しで郷というところで小梅は肩に載せていた大木を下ろした。

「後はみんなにやってもらって」

「でも、村までもう少しだ」

小梅の美しい横顔には含羞《がんしゅう》が浮かんでいた。

これほど強くて美しいが、その現場を見られることは好まない。

「私はもう一度山に行ってくる」

小梅が朝から夕暮れまで山にいることは珍しくない。村の一日は忙しく、男も女も休む間もないぐらい働いているが、ここの主《あるじ》である古後摂津守は娘を自由にさせていた。

誰も文句は言わない。いや、言えないのだ。小梅を一目見たものは、善し悪しのすべてを論ずることを自ら禁じてしまう。それは山人たちが山の善し悪しを論じないのと同じだ。

若者は城とも言えないような国衆の館に戻って、すぐ古後摂津守と話をさせてほしいと願い出た。山で異変がある時は誰であれ領主に注進することを許される。

「牛鬼が出たか」

顔を見るなり摂津守は言った。

「小梅さまに助けていただきました」

「そうか……もしや、牛鬼を討ち取ったのか？」

「いえ、化かされて崖から落ちそうなところをすんでのところで」

「最近多くなっておるな」

と太い眉《まゆ》をグッと寄せて渋い顔になった。この巌《いわお》のような顔の父から小梅のような可憐な容貌《ようぼう》の娘が生まれてくるのが不思議だと噂されている。

「あれでは安心して山に入ることができません。小梅さまも妖異と戦うのはどうしたらいいかわからない、と」

「そのことだがな」

摂津守は広間の一隅に目をやった。すると先ほどまで無人だった闇の中に、一つの影が浮かんでいる。

「あれは……」

「旅の薬売りだ。モノノ怪《け》を求めてやってきたそうだ」

「薬売りがどうして化け物退治に？」

「知らん。だがわしらは今化け物の相手をしている場合ではない。妖《アヤカシ》の相手は妖《あや》しい奴に任せておけばよい」

「ではいよいよ島津がこちらに攻めて」

「そうさせない方策を考えている」

だがその表情に牛鬼に化かされた時のような恐怖は浮かんでいない。薩摩のような強大な相手と戦うことを、玖珠郡の者たちは恐ろしいとは思っていない。「侍の持ちたる地」が玖珠郡の別名である。小天地を小領主である国衆たちが手を携えて守ってきた。北の大友と南の島津の間で綱渡りを続けてはや数百年、血と交渉と鍛錬の末に勝ち取ってきた平穏である。平原で大軍同士が戦うような戦はできないが、山に引き込んでしまえば全てが彼らの武器となる。だが、古後摂津守の考えはそうではなかった。

六

「我らは島津の申し出を受け入れ、道を譲ることとする」

館に集められた摂津守の家臣たちは主君の言葉を聞いて耳を疑った。

島津からは九州全土を支配下に置くということで従うように使者が来ていた。玖珠郡衆《こおりしゅう》は豊後の大勢力、大友家と関係を結び、緩やかではあるが従属関係にある。もし大友家に一大事があれば従い、玖珠郡に危機が訪れれば大友家が援軍を出す約束となっていた。だが、島津に従うということは大友との間柄を捨てて敵対するという意味になる。

この辺りの国衆や土豪たちは帆足郷も合わせ、一丸となって島津と戦うのだろうと皆が思っていた。それだけに摂津守の言葉は衝撃をもって受け止められた。

「正気で仰《おつしや》っているのですか」

摂津守もかつては武威をもって知られ、だからこそ郡の国衆たちから推されて棟《とう》梁《りよう》として皆をまとめている。君臣の間柄でなくとも、その言葉は重い。

「我ら玖珠郡衆の成り立ちは今さら説明せずとも摂津守どのはおわかりのはず」

心ある者たちは摂津守を諫《いさ》めた。

「島津の使者に脅されたというだけで島津へ降《くだ》るなど、玖珠郡衆の名折れだと思わないのか。我らのもとにも使者が来たが、これある面々誰一人心を動かしてはおらん」

摂津守は盟約を交わした国衆たちの諫めにも表情一つ動かさなかった。だが、

「今こそ仲たがいされている帆足郷と和解し、力を合わせて戦いの備えを整えるべきではござらんか」

そう進言された時は顔色を変えた。

「帆足とは組まん。奴には積年の恨みがある」

隣接する二つの小天地の間には美しい友情があるのみではない。隣り合っているからこそ、互いの土地、境、人や財物を巡って度々紛争を繰り返してきた。大友家の仲裁によって互いの境界線を定め二代前からは互いの一族を嫁に出したり養子に出したりして平穏が保たれてきたが、今の代になって急速にこじれた。数年前に縁談が持ち上がったこともあったが、それも立ち消えとなっていた。

「最早《もはや》私情は捨てるべきです。帆足の人々と手を組み、島津の侵攻を食い止めるべきではありませんか。同じような誘いが帆足にも行っているはず。彼らは義理堅く、島津につくことをよしとしないでしょう」

その言葉に摂津守が顔色を変えた。

「何が義理堅いだ。お前にあいつの何がわかる！」

それを聴いて国衆たちは顔を見合わせた。

「わしは帆足の主とはよく知った間柄だ」

「ならばなおさら、人柄もよくご存じでは」

「わからぬ奴らだ。わしは知っているからこそ、帆足と手を組むことは許さぬ。だが玖珠郡を守る務めも果たさなければならぬ」

「だからと言って島津に降るのは……」

これまで「侍の持ちたる地」を支えてきた国衆たちは一様に渋った。

「まあ落ち着いて考えよ。先ごろ島津から来た使者への答えはまだ与えておらん。我らの動きを悟られてはならん」

摂津守は郡の有力者たちに自らの考えを語った。

「これまで、肥薩の諸侯の半ばは島津に従うことを良しとしなかった。その何よりも大きな原因は、捕らえた者たちを奴婢《ぬひ》にしたり、海外に売り飛ばしたりという噂が絶えなかったからだ。それは島津の話を聞かず、敵対したからではないか？」

反応を確かめるよう、一人一人の顔をじっくり眺める。

「最初から味方に付いたものを売り飛ばすことはせんだろう。玖珠郡の山々は豊かであるが養える人数に限りはある。だが九州一統を目指す島津の傘の下、敵となる者の版図を手中に収めれば苦しい山暮らしともおさらばできる」

すると、玖珠郡の国衆たちの多くは摂津守が予想していた通り、これまで通り大友の味方となって、代々受け継いできた土地を守ろうと口々に言った。

「わからぬ奴らだ」

と古後摂津守は怒りをあらわにしたが、もともと主従ではないからその怒りに忖度《そんたく》する者もいない。ただ、困惑を隠さない者もいた。

「我ら玖珠郡衆は郡の危機においては小異を捨てて大同につき、ことに当たらなければ何も為《な》せない。それは摂津守どののもよくご存じのはず」

「確かにそうだ」

「摂津守どのは遠き危機に気を取られて近き懸案から目を逸《そ》らしているのではないか」

渋い顔になった摂津守は一つ鼻を鳴らした。

「山に入った者たちが帰ってこない、という話か」

「人々は島津よりもそちらを恐れています」

「下々の者に遠くの景色は見えぬからな」

「郡を動かしたければ、まずはその下々の憂いを取り除くのが肝要でしょう」

こう言われると摂津守もこれ以上強引に話を進めることはできなくなった。

「それはもう、手は打ってある」

「手、ですと？」

一同が摂津守の視線をたどる。その先に、鮮やかな衣の裾《すそ》が翻る。確かにそこにいたのに、もう姿を消している。

「確かに何者かが控えていたようですが……。山伏や拝み屋の類《たぐい》ですかな」

「薬売り、だそうな」

「薬売りが、化け物をか。面妖《めんよう》な話だのう」

国衆は首を振り、島津にどう対するかという難しい話が先延ばしになって半ば安堵《あんど》したような表情を浮かべて、それぞれ城へと帰っていった。

七

郡の主《おも》だった者の反対が多いまま動くことはできない。古後家だけが島津についたところで、追従する者がいるとも思えなかった。

ましてや牛鬼が出て人々の心も不安に覆われているとあっては、大きくことを変える時ではない。だが、摂津守には切り札があった。その切り札一枚で皆の考えが変わる、そして心の内からずっと消えなかった憂いもなくなる。

門の方から嫋《たお》やかな声が聞こえて、広間に大きな影が入ってきた。その少女を見て、摂津守は一度こくりと唾《つば》を飲んだ。

我が娘なのにこの美しさと威圧感は何だ。深い山の頂に立つ巨木のような迫力に気《け》圧《お》されまいと、摂津守はぐっと胸を張る。

小梅は品よく膝《ひざ》を折り、

「妙見さまの祠《ほこら》に使うご神木を、村の若い衆が見つけて切り倒してくれました」

そう言って頭を下げた。

「牛鬼には出会わなんだか。帆足の奴ら、古後との境に妙な化け物を放ちおって……。ともかく、杣《そま》の若い者を牛鬼から助け、木は小梅が運んでくれたのだろう？」

恥ずかしそうに小梅が頷《うなず》く。

「それは大儀であった」

「牛鬼のこともあり、急ぎ一本を持ち帰ってまいりましたが、本殿の梁《はり》に使う分は古式に則《のっと》り神職を先頭として厳かに下ろすべきだと存じます」

「それはもちろんのことだ」

鷹揚《おうよう》に頷きながら摂津守は内心震えあがっていた。

「お前がいれば百人、いや千人の力がある。これからも我が家のため、玖珠郡《こおり》衆《しゅう》のため役立ってほしい」

「娘が家のために力を尽くすのは当然でございます」

よしよし、と笑みを浮かべた摂津守は懐から書状を取り出した。

「家のために尽くすとの言葉、偽りはないな」

「もちろんでございます」

「よく聞け」

書状を開いて咳払いを一つする。

声に出して読み進めるうちに小梅の表情が青ざめていくのを見て、言いようのない快感を覚えていた。聞き終えた小梅は一つ大きく呼吸して心の波を落ち着かせようとしていた。

「これはもう、決まったことでしょうか」

「いや、島津からは縁談の申し出があっただけだ」

小梅は顔を伏せ、

「父上の命とあればいかようにでも……」

その声は小さくか細い。俯《うつむ》いていても一段高いところに座る摂津守と頭の位置が同じだった。

「島津は玖珠郡と誼《よしみ》を通じたいらしい。豊前や筑前に軍を送るに便の良い地だからな。我らはその便の良さを使わせてやる代わりに、余計な戦を避けられるということだ」

友誼《ゆうぎ》を確かなものとするために姻戚《いんせき》となるのはよくある話だ。小梅は男子でいえばもう元服している年であり、女子ならば縁談があってもおかしくない。ただ、まだ縁談を持ちかけたことも持ちかけられたこともなかった。

おおよそ色恋といったものに興味がないようだと感じていたから、島津への輿入《こしい》れをただ黙って受け入れると摂津守は考えていた。しかし、小梅はすぐには頷かなかった。

「いきなりのことで驚いたか？」

「……はい」

「今日明日というわけではない。輿入れするとなれば、調えなければならぬ物も多くある。その間にお前も心構えができよう」

下がってよい、と言ったが小梅は動かない。そのうちに、摂津守は全身に悪寒が走り、震えだすのを感じた。その悪寒の源が恐怖であることを彼は知っている。目の前で顔を伏せている娘の首筋や肩口から目には見えないがすさまじい気配が立ち上り、思わずのけぞりそうになる。

「ど、どうした」

摂津守は己の声が上ずっているのに気づいて腹立たしくなった。

娘が不満の気配を漂わせているだけで、どうして父で領主でもある自分が怯《おび》えなければならないのか。頼もしさの先に必ず苛立《いらだ》ちと恐怖がある。

だが一族郎党は小梅を見て、何かとてつもないことができるのではないか、と恐れと期待を共に抱いている。その心は本来郡の棟梁《とうりょう》である自分に向けられるべきものなのに。

「一つ果たさねばならぬ約束があるのです」

小梅の表情にはこれまで見たことのない恥じらいの色が浮かんでいた。

「まさか……」

己の娘からそのような気配を感じるとは。摂津守は驚いて言葉に詰まった。

「まさか、懸想する相手がいるというのか」

「懸想というほどではないのですが、力を競っている相手がおりまして……」

その言葉はさらに摂津守を驚かせた。

「お前と力を競える人間がいるとは到底思えない」

「では、私と競えるような相手がいれば、その人は私の夫になるにふさわしいと認めていただけますか」

摂津守は全く信じていなかった。生身の人間でそのような男がいるとは思えないが。

「何か証《あかし》があれば信じてやっても良いが……」

小梅はぱっと表情を明るくして父に頭を下げた。

八

島津がどうのこうのというのは、小梅にはよくわからないし知りたくもない。薩摩になぞ行きたくはない。ただどうすれば、鑑直と一緒に鬼ごっこを続けられるかということだけだ。だがどうすれば良いか、名案が浮かばない。考えることが苦手な小梅は、聡明《そうめい》な妹のもとへと向かった。

妹の豆姫《まめひめ》は書見台の前に座り、唐土《もろこし》伝来の史書を広げていた。昔は一緒に武芸を鍛えていたが、体を動かすことは嫌いと公言するようになり、わざわざ唐土から取り寄せた難しそうな書を読んでいるのが常であった。

姉の姿を見て豆姫はわずかに眉《まゆ》をひそめた。書の読みすぎで目が少し悪くなっているという。

「私も見えなくなってきた？」

「ありえないでしょ。細かい文字から大きなものを見ようとすると視界がぼやけるだけ」

「山の緑を見て山の気を吸えば疲れた目なんてすぐに治るよ」

「姉さまは何かというと山よね」

「山には全てがあるんだよ」

「全ては先人たちが培った書物の中にあるもの。その証拠に姉さまは分からないことがあると私に頼るでしょ」

小梅は少しばつの悪そうな顔になった。山では全てのことがわかるが、人の心はわからない。

「父さまは私を嫁に行かせたがっているが、気が進まないんだ」

「気が進む結婚をする人はほとんどおりません」

豆姫はぴしゃりと言った。

「皆家の都合で嫁に行ったり人質になったりするのです。それは姉さまもよくご存じのはず。私だって少し前に縁談がありましたもの」

豆姫は帆足家の次男である吉高との縁談が持ち上がったことがあったが、吉高が島津との戦いの中で重傷を負い、立ち消えになった。

「それはわかってる」

小梅の苦しげな様を見て妹は表情を和らげた。

「でも姉さまにそれほど想いを寄せる相手ができるとは驚きです」

「べ、別に想いを寄せているわけじゃない。約束を果たさないままなのが嫌なんだ」

そう言いながらも小梅は自分の顔が熱くなるのを抑えられなかった。

「そもそも婚姻というのは」

妹は得意げに語り出す。

「それぞれ家の事情があって持ち上がるものです。もしそれを覆したいのであれば、それ以上の利益をもたらすものであると知らしめればいいのです」

「利……」

島津家に入る以上の利を自分に出せるとは小梅も自信がなかった。だが、山に関することなら何とかできそうな気がした。

「郡の人々を悩ませていることは……」

「牛鬼！」

その妖《アヤカシ》を討ち取れば、私の望む通りになるだろうか。

「家のこと、政のこと、そのように甘いものではありますまい」

「それでも、望みがあるならやってみたい」

「姉さまらしい。それを止める力は私にはありません」

小梅は意気揚々と屋敷を飛び出す。その背中を静かに見送った豆姫は、再び史書に目を落とした。


山に行く時はいつも心が軽い。

木々にも草花にも獣たちにも甘えることはできないが、気を許せる友人のもとに向かうようなそんな心の昂《たかぶ》りを覚える。だが不意にその足取りが重くなった。小梅が島津家に入らなければ戦になるかもしれない、と父は言った。もし戦になれば帆足の人々は日出生城に籠《こも》って戦うことになる。

鑑直が城で待っている。

戦となれば追いかけっこなどやる暇はあるまい。もちろん、家や郡を守るために戦をするのは仕方がないし、自分が戦う覚悟もある。でも戦は嫌だ……。

日出生の城が近づくにつれ、ますます足取りは重くなった。ふと辺りを見ると、見覚えのない景色の中にいる。

うっかりして道を外れてしまったか。目の前にはきれいに岩が切り開かれた道が整えられている。この山中に整えられた道で知らない場所はないはずだが来た記憶がない。

このようなところで迷うはずがない。

この先にはあの人が待っている。迷いを振り払うように山道を登り続けると、やがて元の道に戻ってしまう。振り返ると木々の間を濃い霧が覆っているその霧の中にすらりとした長身の影が立っていた。

「鑑直？」

あれは鑑直ではない。交わってよいものではない。小梅は再び道を登り始めた。城は木々に隠れているが二重の堀と粗末な矢倉によって本丸を守る形が作り上げられている。彼女が鑑直を待つのはいつも本丸の屋根の上だった。やがて山の頂に近づくと、小梅は一度足を止めた。

九

鑑直が日出生の城門をくぐると、いつもとは異なる気配を感じた。さらに奥へと入っていくと、一人の男が石段に座りこちらを見ている。すらりと長身で手足の長いその人影は、ほんの少し小梅と似ている。人ならぬ気配を漂わせているところも彼女に似ているが、より冷たく尖《とが》っていた。鑑直が会いたいのはこの人物ではない。

「里にいた薬売りだな。なぜこのようなところにいる」

「阿蘇の山裾《やますそ》は薬草の宝庫。人々を癒《いや》すには山の奥深くにわけ入って、秘薬の素となるものを探さねばなりません。そして薬の種は草花や鳥や獣とは限らない」

「どういう意味だ？」

「病には種類があります。人の心や体に巣くうものと、世の中それ自体を蝕《むしば》むものがある。そして妙薬で癒せぬもの、根治できぬものがある。それをモノノ怪《け》という」

「そういう話ならこの山の中でもよくあるよ」

山も川も空も、人智の及ばぬところである。そこに宿るのは神や仏ばかりではない。一つ対し方を間違えばたやすく人の命を奪う荒ぶる精霊たちだ。

「この世の道理とは離れたところに妖《アヤカシ》はおります。その妖に人の激しい情念や怨念《おんねん》が結びつくことで、人に仇《あだ》なすモノノ怪となるのです」

「ただの妖異《ようい》の類《たぐい》とは違う、ということ？」

「ええ……、その理解で合っていますよ」

「牛鬼ってやつもモノノ怪なのか」

「おそらくは……」

「知り合いなのか？」

　薬売りは口元にわずかな笑みを含んで答えなかった。

「どちらにせよ、郷の人たちが殺されたりしているからいずれ退治しなきゃならない。妙見さまに伝わる秘法があると聞いたことはあるけど、随分昔のことで誰も知らないんだから」

「あなたは牛鬼と戦えますか？」

「怖いけどね」

「もしそのモノノ怪、あなたが敬愛する者だとしても？」

　試すような口調だ。

「何で妖異の類を敬愛しなきゃいけないんだ」

「人の情念がモノノ怪を生む。その源となる存在があなたの側にいても不思議ではないですよ」

「向き合うも何も、人死にが出ているのだから澱《おり》だろうが泥だろうが飛びこまなきゃしかたないよ。どんな相手だろうと郷を害する者は討つだけだ」

「その信念、貫けますよう」

　薬売りは鈴を一つ鳴らすと、山道を去っていく。周囲の霧が晴れていつもの城の姿が見える。もしやあの薬売りこそ牛鬼の化けた姿なのではないかと鑑直は疑わしく思ったが、そんなことよりもまずはあの少女に会いたかった。

　いつも通り、本丸の屋根の上に強い気配を感じる。

　今日こそは追いつく。追いついて郡に迫っている大きな危機の話をしたいと願っていた。彼女と共に戦えないかと密《ひそ》かに願っていた。それを下心と言われても良い。彼女の正体が人であろうがなかろうが、鑑直にとってはどうでも良かった。

　ただ話を聞いてもらうためには、約束を果たさなければならない。彼女は捕まえなければ、だけではない。捕まえたいのだ。

　いつもの気配から逆に遠ざかり、呼吸を鎮めて山の風と自分を一つにすることを観想する。風の向こうへと近づいていくと、いつもと様子が違った。その気配はいつも山の巌《いわお》のように堂々として、風の中に揺れることなくそこにあるのに、今日は心細く揺れている。

これは好機だ。

鑑直はかえって己の心が波立たないよう気を付けながら、そのまま近づいていく。

だが次の瞬間、確かにそこにいたはずの姿がなくなり、目の前の風景がぐるりと回って鑑直は地面に叩《たた》きつけられた。

すぐさま組討ちで投げるために摑《つか》まれた腕を、逆に摑み返す。握った手を払われたらまた摑みなおす。己に有利な態勢を作るのが組討ちの基本で、小梅との鬼ごっこが始まってしばらくして、郷の男たちと懸命に鍛え上げてきたものだ。何度投げ飛ばされてもしぶとく絡みついていく。

「ああもう、しつこい！」

とてつもない力で引きはがされようとするが、四肢を巧みに使ってその力を逃がす。力量の差が大きいのであれば正面からぶつかってはならない。そうして大柄な体の上へ上へと登っていき、ようやくそのつむじに指先が届こうというところまできた。

するとその時、すぐ目の前に少女の顔があった。

切れ長の澄んだ瞳《ひとみ》、すっきりと通った鼻筋と柔らかそうな頰とくちびるに鑑直は一瞬心を奪われてしまった。

「初めて小梅の顔をちゃんと見た」

「な……」

かっと赤くなった小梅の頰を見た後、しばらく意識が飛んでしまった。ここ最近は村の力自慢とも組めるようになって自信がついてきた鑑直でも、全く身動きができないけた外れの強さだ。

だが、彼に恐怖はなかった。その剛力の持ち主は美しい顔を歪《ゆが》めて目にいっぱいの涙を浮かべていたからだ。

十

「私の願いを聞いてほしい」

「待って。先につむじに触れたのは俺だ」

「触ってないよ」

そこからしばらく触った、触ってないでひと悶着《もんちゃく》あり、おかしくなって二人で笑い出したところで話が途切れた。

「今回の健闘に免じて俺の願いを聞いてほしい」

大柄の少女は我に返ったように目を見開くと、鑑直を押さえつけている手を離した。

「約束だから何でも聞くけど、私は認めてないから」

鑑直は前々から考えていた願いを言おうとしたが思い直し、

「やっぱり君の願いを聞かせてほしい」

初めにそう頼んでいた少女だったが、やがて不快そうに顔を歪めた。

「何それ。だったら最初から私の言うこと聞いてよ」

「俺が勝ってから譲りたかったんだ」

「変なの。さあ、先に言って」

「それに、約束だから何でも聞いてくれるんだろ？　あの牛鬼を討つ手伝いをしてほしいんだ。あれがいると小梅ともう遊べない」

しばらく嚙《か》みつきそうな顔をしていた小梅だったが、やがてふっと力を抜いた。山に通じた杣人《そまびと》や狩人《かりゅうど》たちが次々に姿を消している。それも残酷な形で首を晒《さら》され、はらわたを食われたりしている。

「帆足でも同じだ。古後の連中が牛鬼をけしかけて郷の人たちを殺しているという嫌な噂もある」

「私たちはそんなことをしないし、父上もあれは帆足のせいだって」

「分かってる。根も葉もない噂は信じ込むんだよな。それで、小梅の願いは？」

小梅は一通の古い書状を袖《そで》から取り出した。

「日出生の妙見さまの祠《ほこら》に落ちていた。私には読めなくて」

それは古い起請文で、子供が書いたような幼い筆跡だった。

「……謹んで妙見大菩薩《ぼさつ》に誓い奉る。古後の妙見丸は帆足の梅千代に対し永遠の友誼《ゆうぎ》を誓うものとする。梅千代も妙見丸に対して同様にせんことを誓す。もしこの誓いに違《たが》うことあらば妙見大菩薩の仏罰が下らん……」

「帆足と古後が逆じゃない？」

鑑直は帆足で小梅は古後だが、この起請文では逆だし、書かれた日付を見ると二人が生まれるより数年も前のものだ。

「いや、父上の幼名は梅千代で合ってる。続きがある。さざなみや、志賀《しが》の都は荒れにしを……何かの歌の上の句のようだけど」

「他の妙見さまも探してみよう。何か牛鬼の手掛かりがあるかもしれない」

鑑直は小梅を促して日出生の奥にある宇戸《うと》の渓谷へと向かった。古後領との境にある絶景の地で、古い行場と妙見菩薩の社がある。玖珠郡の国衆たちは水場に妙見さまを祀《まつ》る風習があるが、その大本が宇戸の社にあった。

「ずっと封印されてるって聞いたけど」

「俺たちも入らなかったよな」

山を駆けまわる二人も、帆足と古後の境界にある神聖な一帯に足を踏み入れることはなかった。牛鬼の伝説をこの辺り一帯の者は皆知っている。誰もが幼い頃から聞かされ、その恐ろしさを魂に刻み込まれていた。

二人は宇戸の渓谷に入り、とりわけ険しい一つの岩峰の麓《ふもと》にたどり着いた。狭い杣道の入口には結界を示す注連縄《しめなわ》が張られている。その頂にも妙見菩薩を祀った古い祠がある。山の災いを鎮める祭りは帆足と古後双方の協力で長く続けられてきたが、帆足孝直と古後摂津守の間柄が険悪になってからは絶えて久しい。

こっそりと山の中を駆け回るのが好きな鑑直だが、この山だけは近づいたことがない。しかし、すぐそこにあるはずの山の頂になかなかたどり着かない。

何かをしにこの山の麓に来たはずなのに、それすら思い出せなくなっている。急に日が陰り、空が闇に覆われ始めた。

何かがおかしい。引き返そうと足を止めると、地面から何か振動が伝わってくる。山鳴りは災いの前兆だ。

山鳴りがやがて獣の咆哮《ほうこう》となって木々の間に響いていく。

時に遠く、時に近く聞こえてくる音が己の位置を見失わせる。山の獣は全て知り尽くしたと思っていたが、目に見えぬ存在もいるのだ。

山全体を囲むようにして聖域を封じてきた大縄は朽ち果てて見る影もないが、それが茫洋《ぼうよう》とする意識を引き戻してくれる。

薪を拾う人すら入らない山は荒れ果てて、獣や鳥の気配も消えている。小梅と日出生で待ち合わせている時も、時折同じ声を聞いた。牛が嘶《いなな》くような、こちらを威嚇するような高い吠《ほ》え声だ。

頭上に転がっている巨石が不意に動いて、山肌を滑るように落ちてきた。逃げる場所がない小梅を庇《かば》おうと前に出ようとすると、逆に襟がみを摑《つか》まれて後ろに放り投げられた。何か声を発する間もなく、木々がへし折られる音が立て続けにする。

続けて別の巨岩が迫ってくる。避《よ》けきれず頭を覆ったところで、岩がぴたりと動きを止めていた。目の前に立つ小梅は背中を向けていたが、その巨岩は小梅の腕によって食い止められていた。

筋肉が膨れ上がり、足が大地にめり込んでいく。しかし力んでいる様子もなく、はっと一つ短く息を吐くと岩は粉々に砕け散った。

十一

「この奥に何かいる」

山鳴りは続き、大地が怒っているようにこちらを脅している。砕け散った岩の砂《すな》埃《ぼこり》の向こうに巨大な影が見えた。あれが牛鬼なのだろうか。山の頂には霧がかかり、その姿ははっきりとは見えない。

「これは尋常ではないご様子ですね」

振り向くと、薬売りも山の頂を見つめていた。

「薬売り！　あれがモノノ怪《け》なのか？　祓《はら》えるのか？」

鑑直の目の前にすっと短剣が浮かび上がる。宝玉で彩られた鞘《さや》に柄頭《つかがしら》にしつらえられた獅子《しし》か狒狒《ひひ》に似た神獣の目がぎろりとこちらを睨《にら》んだ気がした。

「モノノ怪を斬るはこの退魔の剣。ただし剣を抜くには条件がある。斬るモノノ怪の形《かたち》・真《まこと》・理《ことわり》の三様が揃わなければ剣は抜けぬ」

「形、真、理だと？」

「形とはモノノ怪になりし妖《アヤカシ》の名、真とは事のありよう、理とは心のありよう。そしてあの獣のごとき咆哮に岩をも砕く巨大な爪と体軀《たいく》。あれはまさしく牛鬼。いま、その形を得たり」

かちん、と冷たく乾いた音が山肌に響く。

「やはりか牛鬼か！」

だが、薬売りの剣は鑑直の視界から消えていた。

「しかし、真と理を明らかにせねば、モノノ怪を斬ることはできぬ」

薬売りの声も気にせず、小梅は山肌を駆け上がっていく。白く形の良いふくらはぎがあらわになって鑑直は思わず目を背けた。

「あの娘に恋慕の情を抱いておいでで？」

「……別にいいだろ。薬売りには関りのないことだ」

「いや、ありますよ」

薬売りの口調は真摯《しんし》なのに、どこか揶揄《やゆ》するような気配も含まれていて不愉快だった。

「そういった人の強い情念が時にモノノ怪を生む。あの牛鬼も誰かの後悔、絶望……激しい情念や怨念《おんねん》が源となっていることをお忘れにならぬよう」

この薬売りこそわけのわからぬことを言って人の心を誑《たぶら》かす危険な者ではないか。

「私になど気を遣わず、あの娘を助けに行かれては？」

「言われなくてもそうする」

だが鑑直の足は前に出なかった。自分が行くことで小梅の邪魔をしてしまうのではないか。あの凄《すさ》まじい力に自分の武芸や体力は到底及ばない。

「ならば結界の先に足を踏み入れず、麓で待っていればいい」

口惜《くや》しいが、やはり体が動かない。

木立の向こうでは何かが激しくぶつかり合う音がする。

「お前には見えているのか」

「いえ、全ては。それにしてもこれではどちらがモノノ怪か分かりませんね」

やがて小梅は山を下りてきた。牛鬼を追いかけて山肌を駆け上がった時とは打って変わって、悄然《しょうぜん》とした様子で、鑑直を見ると残念そうな笑みを浮かべた。

「まさか山の中に私より足の速いやつがいるとは」

「追いつけなかったのか」

「こちらが追いかけると相手も走り、止まるとあちらも止まる。こちらと同じ速さで逃げていくから、山の形をうまく使って結界の外へ押し出そうとしたけれど、勘《あや》づかれたのか途中で気配が消えてしまった。獣にしては賢すぎるし、里の人たちを殺めている妖怪《ようかい》にしては臆病《おくびょう》に思える」

もしこの山から出てこないのであれば牛鬼の害は抑えることができる。小梅が力を見せたことで、牛鬼は恐れたかもしれない。

「それはありませんね」

薬売りが言った。

「モノノ怪はそのようなことでは怯《ひる》みません。だからこそ早く真と理を明らかにしなければ」

真と理など、わかるはずもない。ではそのままモノノ怪の餌食《えじき》となるほかないのか……。

「薬売りよ、お前がモノノ怪と呼ぶ妖の類《たぐい》、理は心のありようと言ったが、あやつらに心などあるのか？」

「さぁ……。人の情から生まれるのですから、あるとも言えますね」

鑑直はのらりくらりとした薬売りの言いように、腹を立てるよりも興味をひかれた。

「何を知っているか、教えてはくれないのか」

「私の知っていることは、もうお伝えしていますよ」

「全く知らぬことでは手掛かりがあった方が誤りなく真に手が届くこともあるのでは

ないか」

「無論。その時が来れば」

流れ者の薬売りの言葉を軽々に信ずることは、もちろんできない。しかし、山に現れて里の人々を食らって回るものの手掛かりを持っているのは確かなことのように思われた。

「逃げられたよ」

小梅はちろりと舌を出して俯《うつむ》いた。

「きれいだった」

慰めるつもりではなく、鑑直は本心から思っていた。山を駆け登っていく姿、追えども触れられぬその背中が、丸まっているよりすっきりと伸びていたほうがより美しい。

「そ、そうか……。鑑直が言うならそうしていよう。ああ、それからこれを……」

小梅が文箱《ふばこ》を鑑直に手渡した。紐《ひも》も朽ちた古いものだが、封でもされているのか蓋《ふた》が開かない。

「これは？」

「上の祠《ほこら》にあった」

祠には山の古い神々を祀《まつ》ってあり、軽々しく入ってよいものではない。

「そんなこと言ったってもう誰も参ってないし、結界の縄すら張り替えられていないのに」

社のある山を手入れするのは帆足郷と玖珠郡《こおり》衆《しゅう》の間の約束事だったが、いまや誰もその約束を果たしていない。

「だから、私たちでお山を元に戻していこうよ」

という小梅の言葉には驚かされた。

「牛鬼が住んでいるのに？」

牛鬼が山を下りて人を襲うんだったら、牛鬼が山を下りたくないように整えてやればいい、というのは乱暴な考えに思われた。

「そのように甘い心持ちではモノノ怪の餌食となるのみ」

薬売りが即座に断じた。

「真と理に至り、根源より断たぬ限りこの地に安寧はない」

そうなれば、牛鬼をまず何とかする他ない。だが、古後と帆足の不仲は互いの顔を見れば命の取り合いに発展するほど険悪なものになっており、小梅には父を説得する自信がなかった。彼女が命じられているのは牛鬼の討伐であって、帆足の人々との和解ではない。

「俺が古後に行って、摂津守さまと談判してみる」

鑑直は意を決してそう言った。

「摂津守さまを納得させることができれば、それはきっと牛鬼を倒すための大きな力になる」

小梅は嬉《うれ》しかったが、同時に不安でもあった。

「父上は古後との和解に前向きだ」

「こっちの父は全然そんな気配がない」

「少なくとも俺たちは島津という大勢力を前に争っている場合じゃないし『侍の持ちたる地』を諦《あきら》めるつもりはない」

それには小梅も賛成だった。

十二

玖珠郡に生まれ育っていながら、古後との境目を越えるのは鑑直にとって初めてのことだった。彼が物心ついた頃には既に両郷は対立し、武器を取って睨《にら》み合うことがあっても互いに人が行き来することはなかった。旅芸人や行商人ですら、かつてあった街道を避けるように往来している。

この事態を打開し、牛鬼を倒すためには二人の領主を引き合わさねばならない。互いの言葉を背負って往復しているだけでは、疑いが心を荒らしていく。一度荒《すさ》んだ心は容易なことでは元に戻らない。

牛鬼のいる山に果たして二人の父は来てくれるだろうか。だが鑑直たちにはわずかながら勝算があった。

二つの里の民が入ることを許されない祠の中から見つけた起請文。さらには互いにつけられた幼名。それは自らのそれではなく、今顔を見るのも疎ましいはずの相手の幼名だった。

鑑直は父とともに古後摂津守に面会すると言って、起請文を持って帆足屋敷へと急いだ。すっかり日が暮れ、多くのものは家の戸を閉じている。門構えを持つ士分の者たちは門前に篝火《かがりび》を焚《た》き、牛鬼よけの結界を結んで息を詰めるようにして夜を迎えている。

屋敷の前では父の孝直がそれこそ鬼の形相で腕組みをして立っていた。この顔をしている時の父はまさに鬼のように恐ろしい。拳骨《げんこつ》がいくつも飛んでくることを覚悟しながら、彼は帰りが遅くなったことを詫《わ》びた。

父は恐ろしい顔のまま、しかし怒りを押し殺すように、低く静かな声で理由を問うた。

「さればでございます」

腹を括《くく》り悪びれず顚末《てんまつ》を話した。

「島津がこの地に来襲し、大きな災いが降りかかろうとしています。父上は勇敢にも義を立て、力の大小に惑わされず、仁義の道を進まれようとしています」

「いっぱしの口を利くようになった。だが日が暮れた後に帰ってくる言い訳には大げさではないか。言葉の大小もわからぬようでは将の器として頼りない」

「ひとかどの将となるには人をまとめなければなりません。将は兵がいなければ成り立たず、兵は十分な数がなければ大敵と戦えない。帆足郷は勇敢といえどもその数は島津に対してはあまりにも少ない」

息子が何を言おうとしているのか半ば勘づいて、父親は渋い顔をした。

「何でも力を貸すとは言ったが、古後の言いなりになれとは命じておらん」

「言いなりではありません。私は古後の勇敢なる姫君と心を通じ合わせ、ともに大難にあたるべきだと考えております」

次の瞬間孝直は刀を抜き、その刃《やいば》をピタリと息子の首筋に当てた。

「それ以上曲事《くせごと》を言うなら我が子といえど許さん」

だが鑑直はくちびるをぎゅっと結んだまま父を見上げている。

「斬るぞ?」

すっと首の皮を刃が滑る。それでも鑑直は動かない。

いつにない強い意志を感じた父親は刃を引いて刀を鞘《さや》に納めた。

「古後郷の者たちは偽り事ばかり申して信用がおけん。島津は頼るべき相手ではないが、古後摂津もまた手を組む相手ではない」

近きと戦い遠くと親しむのは兵法の常道だ。父はそう屁理屈《へりくつ》を言った。

「それは遠くの大国がこちらに野心を持っていない場合に限ります。大軍を率いて境を侵す。もはや親しみを通じるべき遠方の大国とは言えないでしょう」

鑑直が堂々と言い返すに至ってついに孝直は両手を上げた。

「小心者だったお前が、何故わしに対し意見する。よもや古後の鬼娘に入れ知恵されているのではあるまいな」

「鬼娘、とは誰のことですか。関りを持ちたくない古後のことにお詳しい」

父はしまった、という顔を一瞬したが、

「跡継ぎの行いや考え、隣り合う地のことを常に心に留めておくことは当主たるものの務めだ」と言い訳した。

「では私の行いに私心などないことはおわかりのはず」

「いや、わからぬな。郷の者が一人ならず命を落としている山、しかも今や敵となった古後領の境にある地をお前が勝手に往来するとは。邪《よこしま》な心があると疑われても仕方あるまい」

「私にあるのは、かつて父上が抱いていたのと同じ志です」

鑑直は懐に大切にしまっていた起請文を父に丁重に差し出した。その中身を見るまでもなく、父はそっぽを向いた。

「見たくもない、と仰《おっしゃ》いますか」

「……当たり前だ」

「では何故、憎いはずの者の幼名を互いの子に授けたのですか」

親子の間に長い沈黙が流れた。

「あいつがわしの幼名を娘にな……」

その口調から、少なくとも怒っているわけではないことが読み取れた。

「また幼き日の友に戻れる良い機会ではありませんか」

もうひと押しだと鑑直は言葉に力を込めた。

「子供に戻りたいわけではない」

自ら確かめるように言う。

「だが、しばらく絶えていた帆足と古後のつながりを、島津の来襲を前にしてもう一度考え直す良い機会かもしれん」

十三

一方、古後郷に戻った小梅は父から難詰を受けて言葉に窮していた。

「命じたことを何一つ成し遂げられずに、己の願いだけを押し付けるか」

「そうではございません」

豆姫が柱の陰から心配げにこちらを覗《のぞ》いている。あの子くらい口と頭が回れば、とくちびるを嚙《か》む。鑑直の前ならあれほど素直に、闊達《かったつ》に話せるのに……。

「私は……偽りは申しません」

ただ、と小梅は言葉に力を籠《こ》めた。

「我が郡の人々のために、牛鬼を倒すために父上のお力がどうしても必要なのです」

「そのために我が首を捧《ささ》げよ、と言うのではあるまいな」

父の腰が浮きかけているのを見て、小梅は悲しくなった。脅しているわけでもないのに、父はいつもこうだ。だが、今は気にしている場合ではない。約束の刻限は迫っている。

「わかった。小梅がそこまで言うなら、境の社へ向かおう。だが、牛鬼を倒すために力は尽くしても、帆足の奴らと和を講じるわけではない。そこだけは勘違いするな」

とにかく、鑑直との約束を守ることができればよかった。半刻《はんとき》ほど遅れて来るという父の言葉を信じた彼女は、ひとまず社のある山に戻った。

山の麓《ふもと》には、約束通り鑑直とその父が切り株の上に座っていた。そして、もう一人いる。

「薬売り……」

切れ長の瞳《ひとみ》の中に表情は見えない。人にも獣にも草花にも匂いがある。それは耳目で捉《とら》える以上のことを彼女に教えてくれるが、この男の匂いは何も語らない。

鑑直の父はいかにも山の男という感じで、小柄ながらも山袴《ばかま》に覆われたどっしりとした腰に分厚い山刀を佩《は》いていた。小梅がその前に膝《ひざ》をつき、名乗って挨拶《あいさつ》をすると、しばらくじっと彼女を見つめ、

「お前が小梅……そうか、なるほど」

微《かす》かに頷《うなず》いてまた森の奥へと視線を移した。立てば見下ろすほどに小梅の方が大きいが、気圧《けお》されるような威厳がある。色々訊《たず》ねてみたい気はしたが、自分の父とは違う意味で軽々しく話すのを思いとどまらせる壁が感じられた。

「で、一人で来たのか」

「はい。備えもあるので半刻ほど遅れてくるそうです」

その先では鑑直がほっとした表情で小梅に手を振った。

「来てくれて良かった」

「不安だった？」

「それはもちろん。一人で来るんじゃなくて、摂津守さまが信じてくれるかどうか」

それが不安だったという。

「来てくれる、とは思う」

そこは信じたかった。父が自分に抱く恐れを利用するのは、いつもなら避けたいところだが、鑑直との約束は是が非でも守りたかった。

「薬売りが、二人の話を聞きたいって言ってたけど……」

「鑑直の父上はすんなり来てくれたの？」

「すんなりかどうかはわからないけど。それでも思ったより素直に来てくれた」

腰の山刀は山に暮らす人間にとっては四肢と変わらぬもので武器とは言えない。それ以外の得物も、鑑直以外に従者を連れている様子もなかった。

「あのさ……」

余計なことと思いつつ、小梅は不安ではないのかと問うた。古後郷と帆足郷は長く争っている。その当主を双方呼び出そうというのだから、罠《わな》を疑って当然だ。

「でも、小梅との約束だから」

だからといって心底信じきれるものだろうか。だが、四方との交渉で修羅場をくぐっているはずの鑑直の父も丸腰であることから、信じるに足る理由があるのだろうと小梅は己に言い聞かせた。

待つ半刻は長い。鑑直を待つ半刻はあんなに楽しいのに、父を待つ半刻は苦しい。

小梅は春の山に心を向けて、気を紛らそうとした。

冬の間眠りについていた鳥や獣たちが、また新たな春を迎えられた喜びと共に無数の歌声と羽ばたきと足音で、その命の力強さを示し始める。

その命の力強さはまた別の命をつないで、山は賑《にぎ》わいを取り戻していく。その賑わいの中にどの獣とも違う足音が聞こえてきた。

人の足音は獣とは違う。どれだけ息を殺しても、音を消そうとしても獣のようにはいかない。だから獣は人を容易に避けられる。その足音は一つではなかった。その数が増えるにつれて小梅の表情は険しくなっていった。父は約束を破ったのだ。従者はできる限り連れてこないという言葉は何だったのか。父がすぐに動かせる手勢は決して多くはない。馬廻衆といっても一郡の主《あるじ》に過ぎないからその数は百に満たない。それでも二人を討つには十分だ。

「小梅……」

鑑直が不安げな表情を浮かべると、小梅は己の手や顔がかっと炎に包まれたような熱さを覚えた。

「やはり信ずるに足らず、か」

鑑直の父も呆《あき》れたようにため息をつく。足音は周囲を取り囲んでいく。山の民が獲物を追う時のように、勢子《せこ》役の者たちが鑑直たちを追い立てようとしている。だがこちらは獣ではない。小梅は腰の山刀に手をかけたが、それを止めたのは鑑直だった。

「俺たちは戦いに来ているわけじゃない」

「でも、父はあなたたちを殺そうとしてる」

「そうは思わない。もし摂津守が父の親友なのだとしたら、そのような卑劣な真似はしない」

だが、小梅の知る父はそうではない。臆病《おくびょう》なところがあり、己に不利と見るや策を弄《ろう》することがある。

「逃げよう。まだ囲まれきってはいない」

血路を開くことで償いになるなら、と逸《はや》る気をなだめるように、鑑直は懐から饅《まん》頭《じゅう》を差し出した。小梅がひと口含むと、黒糖の品の良い甘みが口の中に広まった。

「前に薩摩の使いが琉球《りゅうきゅう》の黒糖をくれたんだ。薩摩に従えば南国の甘味も存分に手に入るそうだ。でも、南の島で薩摩に降《くだ》った人たちはひどい目に遭っているそうだ。誰かに従うことを促すための甘さが、誰かの辛《つら》さでできている」

話している間に、四方を完全に囲まれた。気配はするが姿は誰一人として見えない。小梅は古後にこれほどの手練《てだ》れが揃っているのが意外だった。

父の馬廻衆はもちろん精鋭揃いだが、その腕前は小梅もよく知っている。武芸の腕前で彼女にかなう者はいない。だが今、周囲を取り囲んでいるのはどの一人をとっても気を抜けない強さを感じさせた。

どこにこんな腕前を隠していたんだ。突破口を開かなければと焦っているうちに、古後摂津守が山の上の方から姿を現した。これも小梅を驚かせた。まさか父の気配すら読み取れないとは、どこまで心が乱れているのか。

「よくぞ来た」

帆足孝直は黙って旧友を見つめている。

「さざなみや　志賀の都は　荒れにしを」

不意にそんな歌を詠んだ。鑑直はそれが起請文に記されていた歌だと気づいたが、
古後摂津守は笑い飛ばした。

「急に何を風流な。これまで境を巡って度々争ってきたが、我が娘の策略でようやく決着をつけることができる」

「父上、私は……」

「事ここに至って何を躊躇《ちゅうちょ》している。小梅が帆足の息子を籠絡《ろうらく》し、婚姻を餌に山におびき寄せれば苦も無く殺すことができる。そう教えてくれたのではないか」

娘に怯《おび》えを見せていたのは偽りだったのか。それより、とてつもない虚言を吐いているのを止めさせなければ、と父に駆け寄ろうとする。だがその時、弦《つる》を引く音が微《かす》かに聞こえた。山人たちは限りなく静かに弓を引くが、それでも小梅の耳は欺けない。鏃《やじり》の全てが帆足の父子に向けられている。

「どうした。我らに降れ。島津にも従え」

勝ち誇って古後摂津守は言う。

「降るために来たのではない。お前も望んでいないはずだ」

「お前のようなやつと手を組むなら、まだ島津に降った方がましなのでな。小さき義に頑《かたく》ななお前の首を持参すれば、島津公もさぞお喜びになるだろう」

さすがに鑑直の父の顔色が変わった。

十四

「時を経てさすがにお前の頭も冷えるかと待っていたが、そうではなかった。泣こうが喚《わめ》こうが、事の理非を叩《たた》きこんでやればよかった。いつかわかってくれるなど、たわけ者の言い訳でしかなかった」

これまで抜かなかった山刀をついに抜く。

「それこそいがみ合う相手にふさわしい振舞いよ」

古後摂津守は満足げに目を細めた。

こんな殺し合いをさせてはならない、と間に入ろうとしたところで、かちん、と一つ乾いた音が鳴った。薬売りがいつしか立ち上がり、短剣を掲げている。柄頭《つかがしら》に設《しつら》えられた獅子《しし》に似た面の目が、光を放ち始めている。

「一人姿を消せば、一つの不信が生まれる。一人命を落とせば、一つ憎しみが生まれる」

薬売りの言葉に合わせるように、鈴の音は二つ、三つと数を増していく。その音色がやがて山風の葉鳴りを覆いつくし、小梅の父のほうに集まっていく。音が風を生み、視界まで揺るがす。

「真《まこと》を、得た」

鈴の音を消すように、退魔の剣が牙《きば》を鳴らした。

風の揺れが収まると音ではなく、鼻を衝《つ》くような異臭にあたりは満たされていく。この臭いを小梅は憶《おぼ》えている。山には香《かぐわ》しいもののみがあるわけではない。だがその悪臭は山に潜む禍々《まがまが》しさをはるかに超えていた。

風雨に曝《さら》された巨大な露頭のように盛り上がった筋骨は苔《こけ》とひび割れに覆われ、荒々しい鼻息のかかった草花はその場で枯れ果てた。

「怪異を討たんとする友の幼き誓い。同日同刻この山に集う誓いを一人は果たし、一人は破った。これこそがモノノ怪《け》牛鬼の真なり」

薬売りが目の前に掲げた短剣はまだ抜かれない。

「しかし、いまだ理《ことわり》は明らかならず」

「理？」

小梅はモノノ怪の正体は既にあらわになっているのではと訝《いぶか》しんだ。

「形《かたち》と真が明らかになろうと、このモノノ怪の力の根源である理を明らかにせぬことには、斬ることはできぬ」

前に牛鬼を追った際に、薬売りは同じことを言っていた。理とは心のありよう。このモノノ怪の理はどこにあるのか。

「その理に至れ」

薬売りは言うなり、牛鬼の前へと躍り出た。その身のこなしは山の狩人《かりゅうど》とも里の武人とも違う、神下ろしの舞に似た玄妙さと妖艶《ようえん》を伴い、牛鬼が小梅たちに襲い掛かるのを受け止めている。助太刀をしようとする小梅を鑑直が止める。

「今はあのモノノ怪の『理』を見つけるのが先だ！」

「そうは言っても……」

心のありようが理なのだとしたら、牛鬼がどうしてこの山で人を害するようになったのか。山の社に封印されていた牛鬼が解き放たれた時、何があったのか……。それは二人の父の仲が険悪になってからだ。

　小梅は懐から破れた起請文をもう一度取り出す。永遠の友誼《ゆうぎ》と、山の怪異を共に倒そうという幼く、しかし強い約束。帆足孝直が歌いかけた上の句に父はまったく反応を示さなかった。小梅は父を担ぎあげると、そのまま巨木の幹に叩きつけた。

「何を……」

　鑑直が驚く前で四肢がちぎれ、倒れ伏す。だが噴き出すはずの血潮は流れず、うめき声の一つもない。見ると、枝と葉で編まれた木偶《でく》だった。

「父上は必ずこの近くにいる」

　牛鬼のあるところ、必ず災いがある。その災いの元は何か。長く山で暮らした杣人《そまびと》の五感をも狂わせるものは、その積み重ねてきた日々を崩す心の揺れだ。小梅は社の奥にある禁足の地に足を踏み入れた。封じられていた山の瘴気《しょうき》が吹き出し小梅を押しつぶそうとする。

　薬売りが牛鬼を引き付けている間に封印に手をかける。全身を虫が這《は》うような不快さが小梅を押し包む。だが、その感覚を振り払うような爽快《そうかい》な風が吹き抜ける。鑑直が封印の縄を共に摑《つか》み、引きちぎっていた。

「これで俺も同じだ」

「無茶なことを！」

「あんなモノノ怪が出てきた時点で全てが無茶だろ？」

奥殿は拝殿よりも荒れておらず、手入れされていた跡があった。神に祈りを捧《ささ》げる場所というより、書斎のような小部屋の奥に、白木の文箱《ふばこ》が置かれている。蓋《ふた》をそっと開けると、小さな紙片が入っていた。

「昔ながらの山桜かな」

そう記された表書きの下に、ある約束が記されている。

「友との誓いを破るつもりはなかった」

気づくと、鑑直の父が背後に立っていた。その前に、小梅の父が立ちはだかり、刃《やいば》を突き付けている。

「だが、あの時、妙見丸を、いや俺自身を信じることができなかった。償いの時が過ぎれば、また再びあの頃のように友と呼べると考えていた」

「言い訳のつもりか！　牛鬼を共に倒そうと刻限を決めて山に入ったのに、お前は来なかった。一人禁忌を破った俺の前に現れた牛鬼は、命を助けるのと引き換えにその怒りと不信を捧げろと迫った。どれだけ怖かったかわかるか？　俺は助かるために喜んでそうしたさ！　誰も信じられない。永遠の友情を誓った友でさえ裏切るんだ。もう何も信じたくない。怖いんだよ！」

「だから今、俺を信じてほしい。俺もお前を信じる。あの時のように共に戦ってくれ」

「信じられるか阿呆《あほう》!」

その時一瞬、牛鬼の動きが止まった。

「さざなみや　志賀の都は荒れにしを　昔ながらの山桜かな」

薬売りの詠唱が山に響く。

「藤原俊成《ふじわらのとしなり》が朝敵となった莫逆《ばくぎゃく》の友、平忠度《たいらのただのり》との友誼を守り、身の危険を冒してその歌を遺《のこ》した。友を信じ、友に託した古《いにしえ》の歌」

山風とは異なる轟轟《ごうごう》たる風が吹き始めている。

「不変と信じた互いの友誼。故郷のため怪異を討たんとする義の心。堅き信と熱き情が破れし時に生まれた恐怖と絶望、それが牛鬼の理」

三度、刃が鳴り響く。

「真と理によって、剣を解き放つ!」

剣が抜かれ眩《まばゆ》い光が周囲に広がる。

山風の中、牛鬼と薬売りが戦う激しい音の中でも、それははっきりと聞こえた。小梅と鑑直がはっとそちらを見ると、劣勢に立たされていた薬売りの様相が一変した。

その美しい顔を彩っていた隈取《くまどり》はいまや全身を覆って異国の戦士の衣の如くなり、

小梅の中に眠る何かを呼び覚まさんとする勢い。その衝動を懸命に抑えながらも、その動きに目を奪われる。己より優れた武勇を初めて目の当たりにして、その力を得たいとすら願いそうになる。

ふと横を見ると、鑑直が拳《こぶし》を握りしめてその戦いの行く末を見つめている。あの戦いの中に入りたい。入って鑑直に見てほしいという別の衝動が丹田のあたりからせり上がってくる。

薬売りの剣がやがて牛鬼を圧倒し始める。モノノ怪が放つ不信の幻が、薬売りには一切通じない。

「この者には己の信を揺さぶるものがないんだ……」

鑑直の言葉は腑《ふ》に落ちるものがあった。手練《てだ》れの狩人ですら見失う何かが、この男にはない。あったとして、揺らがない強さがある。モノノ怪の首に刃が吸い込まれるように入り、やがて根元から斬り飛ばす。轟《とどろ》く咆哮《ほうこう》と共に牛鬼の姿は消え去り、やがて山に静けさが戻ってきた。

第二話　煙々羅《えんえんら》

一

焚火《たきび》の爆《は》ぜる音が大きく響き、夕刻の山の中を肉の焼ける芳香が漂う。屋敷前の広場には古後郷に暮らす全ての者が集まり、宴《うたげ》の準備に余念がない。今にも空に舞いそうな胡蝶《こちょう》をあしらった小袖《こそで》姿の薬売りが、手斧《ちょうな》で薬草の枝を落としている。

「刃物の扱いもうまいそうね」

少女の問いに薬売りはその手を止めた。

「豆姫さまは、刃物を扱うのはお嫌いですか」

「どちらでもないいけど、上手な方だって言われる」

杣人《そまびと》たちが武器をとり、獲物を捕らえてくる光景を見るのは好きだった。豆姫が物心ついてから、人死にが出るような大きな戦は起きずにすんでいる。

大友の傘の下に入っていれば戦は起きない。隣の国衆と小さないざこざは起きてもその傘の下にいる限り、所詮《しょせん》は子供の喧嘩《けんか》のようなものだ。

だが、ここ最近は不穏なことが続いた。牛鬼というモノノ怪《け》が跳梁《ちょうりょう》し、山に慣れているはずの山人たちの命をいくつも奪った。

そのモノノ怪は豆姫の姉である小梅と、そして隣の帆足郷の若君である鑑直、そしてなぜかここで猪を捌《さば》いている不思議な薬売りの力によって討ち果たすことができた。

どれほど恐ろしい化け物も姉に勝てるとは思えなかった。聞いた話ではかなり苦戦したそうだが、それも姉が結婚する相手を怖がらせないために手を抜いたのではないかと思うほどに、小梅の武勇はずば抜けていた。

モノノ怪とかはどうでもいい。それよりもあの姉が、あどけない顔をした青年と恋を育《はぐく》み、夫として父に認めさせたことに心が震えた。自分には縁のないことだ、と諦《あきら》めている。

自分と契ろうとする者は、誰もが不幸になる。世の習いで幼き頃から縁談は度々あった。だがそのたびに相手に苦難が訪れる。病もあれば山で難に遭うこともあった。

間柄の悪かった帆足との和解を目指して、帆足家の次男、吉高との縁談が持ち上がった時は豆姫も嬉《うれ》しかった。吉高も豆姫に好意を持ち、共に文を交わして婚儀を心待ちにしていた。だが、戦陣から戻った吉高は片目と片腕を失い、やがて縁談も立ち消えになった。

呪われた娘、と豆姫は後ろ指をさされることになり、姉とは別の意味で人々から避けられている。

「ねえ薬売り、私には何か悪いものがついてるのかな。その……モノノ怪とかいう。あんたがここにいるのはそのモノノ怪を討つためなんでしょ?」

「左様です」

「そうじゃなくて、私にとりついているのかどうか見てほしいの」

「それはそれは……。随分と奇怪なことを仰《おっしゃ》る」

「はっきりしないなぁ」

そこまで言ってふと豆姫は首を傾げた。郡の人々を苦しめていた牛鬼は討たれたというのに、この薬売りは去らない。モノノ怪はまだこの山のどこかにいる。

「私もモノノ怪退治がしたいんだけど」

薬売りはもはや猪を捌く手を止めることはなかった。つまらなそうに鼻を鳴らす豆姫をよそに、社の方では婚儀が始まろうとしていた。山の婚儀はごく質素なものだが、夫となる者の一族の老人たちが来て、妻となる娘は息災か、姻戚《いんせき》となるにふさわしい家かを検《あらた》めにくるのだ。

「ばかばかしい。姉さまなんか無病息災が衣着て歩いてるようなものだわ」

豆姫は運ばれていく猪の肉を見て吐き捨てるように言った。

「どうせ私は……」

不祥の子なのだ。祝祭の場にはふさわしくない。常の時には誰も何も言わないが、ハレの日には遠ざけられる。あからさまに拒まれはしないが、一族の婚礼だというのに、何の役割も与えられない。

「お前は不吉だってはっきり言えって」

舌打ちをしながら豆姫は山道を行く。今の自分もモノノ怪のようなものだ。男子のいない古後家はいずれ婿を取らねばならない。だがその役割は姉ではなく、自分が果たさねばならないだろう。兄弟はおらず、姉が一人。そしてその姉とは血の繋《つな》がりがない。

「いいじゃないの、ねえ。別に拾われっ子が家を継いだって。あれだけ強ければ誰も文句は言わないもの」

山は幼い頃からの遊び場だったが、楽しい思い出ばかりではない。並外れた力を持つ姉と遊ぶのは常人の豆姫にとっては身の危険を感じさせるもので、やがて姉から距離をとるようになった。

その時、不意に石楠花《しゃくなげ》のような、爽《さわ》やかな香りが漂ってきた。腹立たしいことに、こちらが避けてもあちらはそうではない。

「豆、もうすぐ婚儀だよ」

悪気がないのはわかっている。わかってはいるがうっとうしい。

「婚儀には呼ばれてないから」

目の前に大きな影が立つ。

「姉妹なんだから、呼ばなくても来るものじゃないの？」

「ごめん、言い方が悪かった。姉さまの婚儀に私は何をしろとも言われてないの。遠縁の叔父《おじ》ですら忙しく立ち働いている姉さまの婚儀で、やることがない。だから邪魔をしないように山の様子でも見てくるつもり。これでおわかり？」

「でも……」

賢く強い姉は、妹の立場をこれで理解したはずだ。里の誰もが恐れるその強い眼光で、妹の葛藤《かっとう》を見てそれ以上何も言えなくなっている。

「おめでとう、と言っておけばいい？」

「そうじゃなくて……山に一人で入るのは危ないから」

「モノノ怪の牛鬼はもう姉さまたちが退治してくれたんでしょ？　ほら、社の方で太鼓が鳴ってる。宴が始まるんじゃなくて？」

「うん、でも……」

「そこにいなくてはならない人がいなくなってはだめ」

妹に諭されて悄然《しょうぜん》としていた小梅だったが、

「必ず来て」

と言いおいて社へと戻っていった。飛ぶように、とはまさに小梅のためにあるような言葉で、晴れ着をまとっていても山風に乗るような軽やかさで社の石段を駆けあがっていく。おそらく化粧が崩れるどころか、息も切らさないのだろう。

太鼓の音が聞こえなくなるほど森の奥に分け入ると、ほっと一つ息をついた。人の気配がないところでは眠れない豆姫も、鳥のさえずりが遠くに聞こえるだけの孤独が嬉しかった。

千年杉の苔《こけ》むした切り株の上に寝そべると、枝葉の間から優しく差し込む陽射しに誘われるように眠ってしまった。

二

ふと気配を察して豆姫は腰の山刀を抜きはらった。だが手ごたえはない。知らぬ間に周囲が白く深い霧に覆われている。山里では珍しいことではない。ちょっとした寒暖と山の潤いのいたずらで霧はよく湧いてくる。だがこれほど濃いのは珍しい。手で振り払えるほど濃厚な霧をかき分けると、苦しげな荒い息遣いが聞こえてきた。

さらに霧を払いのけて息遣いの源へ近づくと、一人の若武者が木々の間でうつぶせに倒れている。甲冑《かっちゅう》は肩上《わたがみ》がちぎれ、背に矢が突き立っていた。

「あの、もし……生きてますか？」

矢は幸い、胴の下に着こんでいた帷子《かたびら》で止まり、命を奪うほどの傷にはなっていない。他にも多く傷を負い血も流れているが、どれも深くはないようだ。肩をもって仰向けにさせると不意に胸が高鳴り、顔が熱くなった。

若武者の甲冑の間から匂いたつ汗と血に混じり、伽羅《きゃら》の香りが漂っている。山にも香りを放つ草木はあるが、山の人はこのような瀟洒《しょうしゃ》な香りをまとわない。その香りが煙のようにあたりを取り巻いている。

若武者の顔を隠そうとする煙を懸命に払い、肩を貸して立ち上がる。細いが鍛え上げられた筋肉を小袖《こそで》越しに感じ、豆姫は戸惑う。けが人を前に何を妙な気分になっているのか。姉の婚姻を前におかしくなっている。

自分を叱りつけ、屋敷の方へ戻ろうとした。だがそこは宴《うたげ》の準備に忙しい里の者たちでごった返している。不祥の子が血まみれの若者を婚礼の場に連れていくなど、不吉なことこの上ない。

「そうだ、薬売りなら……」

あの男ならよそ者だし、医薬の道にも通じているだろう。豆姫ももちろん、山の民として薬草の類《たぐい》には人並に詳しいが、金瘡《きんそう》医の教えは受けていない。

拝殿での宴は既に始まっている。

双方の介添人が口上を述べ、めでたき日の喜びと両家の永遠の友誼《ゆうぎ》を謡いあげている。猪を捌《さば》いていた場所に薬売りの姿はない。よくよく考えてみれば、獲物の解体を任されるのは人々から信を得ている証《あかし》だ。宴にも客分として呼ばれたのかもしれない。

人の来ない場所を考えて水車小屋へと向かう。谷川の水を山間に開いた田畑に運ぶための、高さ二間ほどもある大きなものだ。人の出入りは数日に一度、当番の者が水車に不具合がないか様子を見に来る程度だ。

ごとん、がたん、と心地よい音がする小屋の中に若者を横たえる。清水の流れる音に混じり、若武者の芳しい香りが霧となって豆姫を包む。はだけた胸元にそっと指先を置きそうになって慌てて手を引く。

「劣情の朦朧《もうろう》たること、心を迷わす霧に似たり」

背後から不意に声がしたので、豆姫は指をすっと引っ込めた。

「妖《あや》しき気配がある」

「な、なんのこと？」

「茫洋《ぼうよう》たる霧が水車小屋にかかっていた」

「水車が水を汲《く》み上げるのだから、水煙くらい立つわ。それより診て欲しい人がいる」

「診なければならぬとしたら、お主だ」

おかしなことを言う、と薬売りを睨《にら》む。表情の読めない深い紫の瞳《ひとみ》は豆姫を見ていない。その後ろで微《かす》かな寝息を立てている若者に向けられていた。

「薬売り、あなたまさかこの人がモノノ怪《け》だとか言い出さないでしょうね」

「モノノ怪は人の心のありようを理《ことわり》とする。人に関りのないものではない」

姉にもモノノ怪の牛鬼を討つ話は聞いたが、このあたりはよくわからなかった。化け物は化け物で、人ではない。それに牛鬼は聞くだに恐ろしい怪異の姿をしていたが、この若武者はどう見ても怪異の類ではない。

「いまだ形《かたち》も見えず」

薬売りは静かに言うと背中を向けた。薬を、と頼む間もなかった。

日が傾き、夜の帳《とばり》が下りても宴は続いている。日が沈んで宴を行うのは、秋の収穫を神に祈る祭りと、このような郡の明日を左右するような婚儀の場合のみだ。誰も豆姫の様子を見にくる者はいない。水車の音が宴の賑《にぎ》わいをかき消してくれるので、幾分なりとも気は楽になった。

水車小屋の明かりとりの窓から、月光が微かに差し込んでくる。水車の音にウトウトとまどろみそうになった頃、宴はようやく終わった。

郷の人々は明日から日常に戻り、あの偉大な力を持った姉は嫁ぎ先へと質素だが美しい行列と共に去るのだろう。もちろん祝う気持ちはある。水車小屋を覆う霧の潤いが全身にめぐるうちに、別の何かが胸の中で拍動し始めるのを感じていた。

姉の婚姻であろうが構うものか。立派な身なりをした士分の男が傷だらけになって里の近くに倒れていたのだ。玖珠郡なら大抵の国衆は顔を知っているが、この若者を見たことはない。

それならすぐに父に報《しら》せ、善後策を諮るのが当主の娘として当然の務めではないか。それは姉の婚儀に対する嫌がらせでも何でもない。私は宴に呼ばれていないだけなんだ。いじけてなんかいない。一族の務めを果たすだけなんだ。

霧は変わらずかかっているが、その向こうから月の光が差し込んでくる。ふと眠っている若武者に目をやると、先ほどまで閉じていた長い睫毛《まつげ》が微《かす》かに震え動いている。

「は……はう……え」

「伊地知《いじち》さま？」

懐にあった書状から、この若者の名は伊地知典元《のりもと》というらしかった。若者が身を起こしてよろめくところを慌てて支える。芳しい香りが再び流れてきて、豆姫の胸は高鳴った。

「ここは……」

「玖珠郡は古後郷です。追手はいませんでした」

「あなたが助けてくれたのか」

申し訳なさそうな表情で体を起こそうとするのを豆姫は止めようとする。その手をそっと握り、

「なるほど、可憐《かれん》なだけではないようだ」

と微笑んだ。これはいよいよいけない、と豆姫は狼狽《ろうばい》を気取られないよう目を背け、摑《つか》まれた腕をふりほどいた。

三

「そなたのような娘ですら、死に瀕《ひん》した者を見れば義を示すというのに、我ら島津は

ただ力をもって屈服させようとする。それは誤った道だ。私をそなたの父君に会わせて欲しい。島津に抗する策を献じたい」

伊地知典元はそう言って頭を下げた。長い睫毛が頭を下げてもはっきりと見える。

「もとよりそのつもりですが……」

「島津は不義の戦を仕掛けようとしているが、到底それに荷担することはできない。不義の下で剣をふるいたくないのだ」

頑《かたく》なな考えだと思ったが、同時に好ましくもあった。豆姫にとって島津の人々の印象は、ほつれの一つもない値の張りそうな小袖を身にまとい、煮ても焼いても食えないような狡猾《こうかつ》さを持ちながら戦も強いという、恐るべき存在だった。

しかしこうして、玖珠郡に味方してくれようとする者がいる。ただ、気になることはあった。

「伊地知さまは何故島津の家を出られたのですか」

大隅の伊地知家といえば豆姫でも知っている名族である。その若者が出奔するのはただごとではない。

「私は伊地知の男子ではあるが妾腹《しょうふく》で、父や家からは軽く見られてきた。母も早く世を去ってね。それは世の習いとして受け入れるつもりだったが、ある時、母が世を去った顛末《てんまつ》を知ってしまった」

母は伊地知家当主の寵愛《ちょうあい》を受けていたが、卑賤《ひせん》の家から来たことで正妻や重臣たちから苛烈《かれつ》な扱いを受け、自ら命を絶たざるを得なくなった。

「殺されたも同然だ」

乾いた口調で言う。霧が慰めるように水車小屋を包んだ。豆姫は典元の美しい口元に魅了されながら聞いていたが、偽りはないと判断した。

「すぐさま父に目通りを願い、心強き味方を得たことを郡内に知らせましょう」

だが、典元は頷《うなず》かなかった。

「それは明日を待とう」

「何故ですか」

いま出ていけば姉の婚儀に水を差すことができる。愉快な気持ちになりかけていたところで止められたが、典元の優しい視線を受けてはっと我に返った。

「確かに、もう夜も更けておりますし、今日は姉のめでたい日ですから。伊地知さまのおっしゃることも、もっともです」

「あなたも屋敷に戻った方がいい。家の者も心配されることだろう」

「でも……」

「ここであなたを引き留めたら、父君は私の言葉に信をおくことはないだろう」

今日のような日に自分を心配するような者がいるか、といじけた気持ちになったが、外で名を呼ぶ声がして、一人いたことを思い出した。

「あれは？」

「明日、帆足郷へ嫁ぐことになっている姉です」

「おお、噂の……」

興味深げに細められた瞳を見て、豆姫の胸は何やら波立った。典元に接してまだ半日ほどしか経たないはずなのに、知らぬ心の動きが次々に押し寄せてくる。

「姉は人ではありません」

思わずそんな言葉を口にしていた。

「人でないものが人と共にあるのか」

「ひ、人のふりをしているのですよ」

いらぬことを口走った、と豆姫は水車小屋の外に出る。星明かりが照らす下に、大きな影が佇《たたず》んでいる。巨木の美しさといびつさを人の身に蔵したような、異形の人が豆姫を見て安堵《あんど》したように膝《ひざ》をついた。

「どこに行ってたの？」

「婚儀のお邪魔にならないように山で遊んでた」

「うそだ。山の匂いがしないもの」

「このあたりはどこにいても山の匂いがする。だから私は嘘を言ってない」

「……ごめん。でも姿が見えないのは心配。お父さまも言ってた。誰も豆を邪険には扱ってないって」

妹が勝手にひがんでいたとでも言いたいのか。そう言い返したかったが、星明かりでもわかるくらいに姉の瞳《ひとみ》は潤んでいた。

「明日で私はいなくなるから、もう少しお話ししない？」

「別に話すことなんてない。姉さまこそ、夜まで外を出歩いていては明日の輿《こし》入《い》れに障るのではありませんか？」

「妹の無事に勝るものはないから」

この重いおせっかいとも今日でお別れかと思うとせいせいした。豆姫は姉の心をこれ以上波立たせないように口を開かず、屋敷へと戻ろうとした。だが、強い力で腕を摑まれた。立ち上がった姉は豆姫の腕を摑んだまま、じっと見下ろしている。

「どうしたの？」

「変なものがついてる。靄《もや》みたいなものが頭の周りに……」

言うなり腕を振り上げたので、慌てて逃げようとする。摑まれていた力が不意になくなってつまずきそうになった。

「怖がらせるつもりはなかったの」

「わ、わかったわかった」

星空を背にして立つ姉の姿は闇に縁どられ、夜に神像を見たような恐ろしさだ。婚儀に水を差したいからと伊地知典元を連れて行かなくて良かった。妹をはじめ玖珠郡の先行きを心配して嫁には行かないと言い出しかねない。

不意に抱き上げられて、視界が変わった。見上げていた木々が目の高さとなり、星空が一段近くなる。姉の肩の上に乗せられたら、身動きしてはならない。落ちて無事な高さではないのだ。

幼い頃はよくこうして遊んだものだ。豆姫からすると遊びというものではない。姉がこちらの意向も聞かず肩の上に放り上げ、山の中を走り回っていただけだ。何度かやめてほしいと遠回しに頼んだことがあるが、その度に悲しそうな顔をするのでそれ以上言えなくなる。悲しむだけならよいが、父に言い含められていることが枷《かせ》となっていた。

「小梅は怒りに我を忘れるとどのような災厄をもたらすかわからない」

一度たりとも忘れたことはないし、この姉ならさもありなんと思わせる。

幸いなことに昔のように山を駆け回るということはなく、屋敷の前でそっと下ろしてくれた。

「夜明けと共に村を出るから」

玖珠郡のならわしでは、別の郷に嫁に行く者は夜明けと共に誰にも見られることなく村を出なければならない。それは、村を縄張りとしている悪い神々に見つかると、縄張りを荒らされたと厄災を与えるから、悪神がわずかに眠るとされる未明に出立するのだ。

「向こうでお幸せに」

一度別の郷に嫁に行ってしまえば、妹の婚姻にも立ち会うことはまずない。だが、豆姫はふと気づいた。

「古後と帆足が姻戚《いんせき》になったらまた顔を合わすことがあるかも」

そう言うと姉の表情はパッと輝いた。こういうところは少女のようなところがある。

「私、豆の姉になってずっと気にしていたことがあった。私はあなたに嫌われているんじゃないかって。でも今の言葉でそうじゃないんだってようやくわかった」

「姉さまはちょっと愚かなところがありますね。私は両家が結ばれればまた顔を合わせることもあると、ごく当然のことを言っただけ」

「何か悪いことが起きそうな時は、すぐに知らせてね。助けに来るから」

「もう姉さまは帆足の人なんだから、嫁いだ先のことだけを考えて。古後郷にだって勇者はいるし……」

新たに美しい戦士も加わる。もう姉の力は不要だ。

四

夜明け前に豆姫は眠りから醒《さ》めた。屋敷の中の多くも目覚めているが、誰も動かない。ただ一人、帆足へ嫁入りする人だけが静かに部屋を出ていく。豆姫はもちろん禁忌を知っていたが、そっと襖《ふすま》を開ける。屋敷の周囲は濛々《もうもう》たる霧に覆われて、庭先の様子すらうかがえない。

姉の気配が門の外へと消えた後、豆姫は起きだし、霧の中を水車小屋へと急いだ。早く典元に会いたかった。小屋の戸を開けると、典元は端座して回る水車を見つめていた。

「婚儀はつつがなく終わったようだね」

「つい先ほど、無事に帆足へ向かったよ」

「寂しいかい？」

そうかもしれない。心の片隅にある嫁ぐ姉への想いがふと頭をもたげる。しかしその時、美しい若者がまとう朦朧《もうろう》とした煙が心を覆っていった。強すぎて何をしても目立つ姉への好悪入り混じった、自分でも持て余してきた感情がどうでもよくなっていく。

「……全然。頭の上の重石《おもし》がなくなったみたい」

「寂しい時は寂しいと口に出した方が楽になる」

「そんなことない。あなたがいるもの」

思わぬ言葉が口を衝《つ》き、豆姫は顔が熱くなるのを感じた。

「父さまと話をつけたら呼びに来るから」

そう言うと、水車小屋を出て屋敷へ向かう。野良にはもう里の人々が畑仕事に出ており、杣人《そまびと》たちは斧《おの》を背に山へと入っていく。いつもと変わらない日常の中で、姉の姿だけがない。

玖珠郡国衆たちの棟梁《とうりょう》として働く古後摂津守は多忙だ。朝から四方の諸侯や寺社、商人に書状を書き、また読み、断を下す。その中に格別大きな懸案がある。それが島津相手の談判だった。

「島津から逃れてきた者がいる、だと？」

父の顔色は悪かった。昨日の宴《うたげ》の酒が残っているようで、くちびるが青紫色になり、顔もむくんでいる。その名を告げると、青黒い顔に血の気が戻ってきた。

「その者は薩摩で罪を得て奄美《あまみ》あたりに流されたと聞いているが」

伊地知家は島津が薩摩大隅に下向して以来仕えてきた譜代の臣だ。伊地知典元は当主の四男として生まれ、初陣の際からその武勇と花のような武者ぶりで近隣の諸邦でも評判だった、という。

「誰か伊地知典元の顔を見知っている者はいるか」

すると老いた祐筆《ゆうひつ》が、かつて薩摩に使いした際に見かけたことがある、と申し出た。

「罪を得た者を匿《かくま》ったとあっては、島津の怒りに触れるやもしれん。我らは先祖由来のこの地を守ることは目指せども、みだりに戦を求めるものではない」

「島津に返してしまうのですか？」

「それは存念を聞いてからだ。しかし……昨日伊地知典元を見つけたのなら、何故すぐわしに報《しら》せなかった。姉の婚儀とはいえ、報せることくらいはできたはず」

一瞬言葉に窮したが、傷と疲れがひどく、話せる状態ではなかったということで切り抜けた。水車小屋に戻る途中、豆姫は腹が立ってきた。宴を邪魔しないよう気を遣ったら、妙な疑いの目を向けられてしまった。

「それは父君があなたと同じ考えを持っている証《あかし》ではないか」

典元は慰めるように言った。

「他国から名のある者が傷を負って逃れてきたら、たとえ宴を妨げることになろうと、まずは主君の耳に入れて命を待つ。それが国主の娘としてのふるまいと言われれば、確かにそうだ。そしてあなたはそうしようと一度は考えた」

典元の言葉は豆姫の心を落ち着かせた。

「そうよね。……行きましょう。お父さまも早くあなたに会いたがっている」

小袖《こそで》は破れて傷も見えているが、体を清めて髭《ひげ》を剃《そ》り、血に汚れた太刀と脇差《わきざし》もできる限りの手入れを施してある。なんと行き届いた人だろう、と豆姫はうっとりとなった。だが、あからさまに面《おもて》に出すようなことはしない。

「それでは参りましょう」

典元は先に立って水車小屋の戸を開く。すると悲鳴に似た声が響いた。何事かと見てみると、郷の若い娘たちが小屋の窓に鈴なりになって中を覗《のぞ》き込んでいた。典元が小さく会釈をすると吠《ほ》えるような歓声を上げて走り去っていく。

典元はそのようなことに慣れているのか、特に目で追うこともせず屋敷への坂道をゆっくりと歩いていく。その背中から瑞雲《ずいうん》が立ち昇っているように見える。その雲が里を覆い、その雲に触れた者は誘われるように典元と豆姫の後ろに従う。

その中に薬売りもいた。

「形《かたち》が見えませぬな」

「あの人はモノノ怪《け》なんかじゃないから」

「吉祥の証である瑞雲に人の心を巻き込んでいく。奇怪なことだと思いませんか」

「全然思わない」

「ならばあなたはモノノ怪のうちに取り込まれつつある」

典元に向けられる薬売りの視線が不快でならなかった。

「バカなことを言わないで」

姉もいなくなり、薩摩から美しい若者がやってきた。自分のための新しい日々が始まるというのに、その若者が化け物だと言わんばかりである。

「薬売りは伊地知さまを滅ぼすの？」

「モノノ怪としての真《まこと》と理《ことわり》が明らかになれば」

「あの人はモノノ怪なんかじゃないから」

豆姫は念を押すように言った。

自分を受け入れ、認めてくれた人がモノノ怪などありえない。薬売りは牛鬼を倒した功があるのかもしれないが、この郷にいるべきではない。父にそう具申しようと考えたが、その日のうちに薬売りの姿は古後郷から消えていた。

五

「これは見事な若武者になられた」

検分をした老臣は感嘆のため息を漏らした。

「わしがお見かけしたときも見目麗しき公達《きんだち》ではあったが、これほど眩《まばゆ》い武者ぶりではなかった」

「見目の美しさを称《たた》えよと言っているのではない」

古後摂津守は不機嫌に言った。老臣は焦った様子で平伏し、この若者が確かに伊地知典元であることを証言した。豆姫はほっと胸を撫《な》でおろした。だが父の不審はまだ解けていない。

「伊地知家の若者なら、島津が豊後に向けて野心を抱いていることは御存じであろうな。伊地知は大隅の名家にして累代大功を挙げてきた島津の柱石。その若君が力になりたいと申して軽々に信じることができようか」

「懸念はごもっともです」

典元は堂々と頷《うなず》いた。

「我ら代々島津の旗のもと、命惜しまず戦ってまいりました。その志には九州に平穏と静謐《せいひつ》をもたらす義があると、私も信じて初陣より敵を恐れたことはございません。ですが戦の非道、政の苛烈《かれつ》、いずれも人の君主たる器量にあらず。天下が定まる前に九州に覇を唱え、己が望むところを得ようとする野望は己の利だけを追い求めるもの」

弁舌爽《さわ》やかに主家を批判してみせる。

「その野望のおかげで豊後や肥後の者たちは大いに迷惑しておる」

「覇を唱えるには武を以《もっ》てせねばなりませんが、服させるには徳が必要です。我が島津は武のみに重きをおいて徳を軽んじ、従わねば根切りにするか異国へ売り飛ばす。しかもその蛮行を隠そうともせず、脅しに使う始末。戦は命のやりとり。野盗の物取りならともかく、そこには義がなければなりません。累代仕えてきた家がそのような修羅道に落ちた以上、そこに留《とど》まることはできない」

「しかし」──

摂津守は慎重に言葉を返した。

「我らには島津と正面切って戦う力はない」

「正面からぶつかり合うだけが戦ではありません。ただ、奇策を用いてやり合うにしても、ある程度の力は必要。島津が九州を一統しようとしているのは、まさにそのため」

「ああ、本州で天子の座を争っている者たちの話か……」

英雄たちの戦いが大詰めを迎えていることは、九州にも聞こえていた。巨大な本州を手中に収めた新たな天子と対等に話をするには、薩摩大隅では到底足りない。

「天子に対する九州における島津のように、豊後で力をつけるのです」

壮大なことを言う、と豆姫は胸が躍った。このような話は史書の中での出来事だと思っていた。ただ、山暮らしがもっぱらの者たちにはうまく伝わらない。

「我ら玖珠郡《こおりしゅう》衆はもとより山中に分かれ住み、それぞれ家も異なる。今はわしが推されて皆をまとめているが、彼らは臣下ではない」

「そのようなことを言っていては、島津に併呑《へいどん》されますぞ。小が大に飲み込まれて、小に幸せが訪れるでしょうか」

「何をたわけたことを」

古後家の直臣たちは首をひねっている。玖珠郡の誰もが考えたこともない、もしあっても決して口にはしないことを典元は言っていた。だが豆姫の心は危惧《きぐ》よりも高揚に覆われていた。父も同じであってくれ、と願ったがそうはいかない。その時である。

「そこもとをここに置いておくわけには……」

と開かれた口の中に、霧のようなものが一筋吸い込まれていく。豆姫はその霧がいつしか広間全体を覆っているのに気づいた。典元と出会った時から常に甘く高貴な香りの中で疑念や憂いが消えるのだ。

「あ、ああ」

がくがくと一度体を震わせた摂津守は、

「伊地知どのの言葉……もっともである。その意気やよし！」

扇を広げて誉めそやした。

気づくと、霧は広間いっぱいに満ちている。そこから摂津守は猛然と筆を走らせ始めた。

広間にいた直臣たちは一人残らず主君の書状を持ち、四方の山や谷に走った。書状には、これより先は古後摂津守を主君と仰ぎ、何事もその命に従うようにとしたためてあった。

六

「何だこれは……」

帆足鑑直は父に見せられた書状を見て言葉を失った。

「大難に当たるために小異を捨て、玖珠郡の諸侯と共に古後家に従え、だと」

郷を率いる当主であり、鑑直の父である帆足孝直が怒りというよりは怪訝《けげん》そうな表情を浮かべていた。

「正気を取り戻したと思っていたが」

そう言って鑑直の隣に控える小梅に目をやった。嫁入りしてきた小梅は山仕事も野良仕事も人一倍熱心にこなした。

山間に住む民にとって、耕作地を広げることは悲願だ。だが山肌に田畑を拓《ひら》くには困難がいくつもある。水路を引くところまでいけば上出来で、それ以前に深く張った木々の根や、十人がかりでもびくともしない巨岩が土のごく浅いところに居座っていたりする。

さらには阿蘇の山裾《やますそ》であるこのあたりの土は水はけが良すぎ「ざる田」と呼ばれて

水田には向かない。富の源泉となる米を作るには田に水を保つ粘土を敷き詰めなければならない。

小梅の剛力はそのような障害をものともしない。美しくすらりとした四肢にぐっと血管が浮かぶと、別人のような筋肉が盛り上がる。すると、土をがっちりと摑《つか》んだ木の根も、太古の昔からそこにあるような巨岩もくぐもった音を立てて動き出すのだ。

「鬼御前」

人々はその偉大な力を目の当たりにしてそう呼ぶようになった。だが当の小梅はその呼び名を喜ばなかった。決して悪く言っているわけではない、と鑑直ははじめ郷の人々を庇《かば》おうとしたが、小梅の瞳《ひとみ》に浮かぶ悲しみの色を見て考えを改めていた。

小梅はしばらく考えて口を開いた。

「父は時に周りが見えなくなることもありますが、玖珠郡の棟梁《とうりょう》としての振舞いを誤ったことはありません。玖珠郡には無数の谷とそれぞれに異なる事情を抱えた人々が住んでいます。彼らは独立不羈《ふき》の気風を持ち、緩やかに手を結ぶことで郡の平和を保ってきました」

外からの脅威には轡《くつわ》を並べて戦い、内の揉《も》め事はなるべく穏便に談判ですませてきた。その仕切りを任されてきた古後摂津守が、これまで積み上げてきた付き合いを全てかなぐり捨てたような暴挙に出るとは考え難い。

「わしもそう思う」

　孝直は頷いた。

「一度交わした約束には一方《ひとかた》ならぬこだわりを見せる男だ」

　そのこだわりが強すぎて、モノノ怪《け》を呼び込むこととなった。

「前に討ち果たしたモノノ怪の類《たぐい》がまた現れたのではあるまいな。あの不思議の薬売りはしばらくこちらでは目にしないが」

「嫁入りの宴《うたげ》を手伝ってくれていました」

「……おるのか」

　しばらく天を仰いだ孝直は、息子夫婦に目をやった。

「摂津守の乱心がモノノ怪の仕業であるかどうかよりも、これで郡内の人心が離れることの方が恐ろしい」

「島津は何か言ってきているのですか」

「逆らう気はないが従うつもりもない、と言い送ってからは何もない。薩摩に送り込んでいる細作《さいさく》によると、今は阿蘇や肥後のあたりでしきりに軍を動かしているということだ。あちらが片づけばいよいよこちらに本腰を入れてくるだろう」

軍を向けられれば戦う、と孝直は既に明言していた。ただ、帆足郷一つでは戦えない。大友の傘の下にいるが、今の大友家当主は怯懦《きょうだ》で島津と正面切って戦う気概はないと噂されている。

「臆病《おくびょう》者を動かすには、手助けすれば勝てると思わせればいい」

孝直は気にしていなかった。というのも、これまで幾度となく外敵の侵攻を受けてきた玖珠郡はその度に撃退し「侍の持ちたる地」と称されて久しいからだ。

大友は大友で、島津の脅威に対抗するために、都を制圧して次の天子と目される英傑と手を結んだと聞いている。

「本州の帰趨《きすう》が決まれば、逆に天子が我らの力となろう。そこまで粘るだけの兵と各人が覚悟を持てるかどうかで勝ち負けは決まるからな。鑑直は返書を渡すというていで、古後郷の様子を探ってまいれ」

命を受けた鑑直の横で、自分も行きます、と小梅が声を上げた。

「嫁いだ娘を早々に里に帰すのは気が引けるがな」

「では早々に戻ってまいります」

孝直はわずかに微笑んで頷《うなず》いた。

七

これまで一人で歩いていた道を二人で歩く。

小梅は夫となった人の背中を数歩先に見ながら、幸せに浸っていた。そんな場合ではないとわかっている。これまで少々小狡《ずる》いところはあったにせよ、それなりに郡内をまとめていた父が豹変《ひょうへん》したように、手を携えていた人々を臣従させようとしている。

「島津が攻め寄せてくるかもしれないから、摂津守さまは不安になったのかもな」

あり得る話だ、と小梅は思った。

「もしかしたら、小梅がいなくなったからかも」

玖珠郡の強さの一端は、古後摂津に千人力の女偉丈夫がいること。そのことで郡の諸侯もどこか安心していたのではないか。

「私はそんな神さまみたいな人じゃないもの」

幸せな気分は不意に消えてしまう。鑑直に悪気がないのはわかっている。小梅が出会う帆足郷の人々は総じて彼女に優しかった。魁偉《かいい》な風貌《ふうぼう》にも人なみ外れた武勇にも、敬意をもって接してくれた。ただ「鬼御前」という呼び名だけは止めてくれなかったが。

「私の正体が神さまとか鬼とか、そういう方がいい？」

「それはいやだな」

そんな話をしながら軽やかに山道をたどっていたが、鑑直の足取りは古後郷との境に近づくに従って重くなってきた。

「もし、摂津守さまが本気で玖珠郡の皆を力で従わせようとしていたら、小梅はどうする？」

「それはもちろん……そんなことは止めるように言う」

「それはだめだよ」

鑑直は小梅の予想に反して止めた。

「俺たちが父上から命じられたことを忘れちゃいけない」

「返書を渡して様子を探るってことでしょ？」

「もし勝手なことをすれば、新たな火種になってしまう」

「そうだけど……」

「帆足の惣領《そうりよう》息子に嫁いだことを忘れてはいけないんだ」

鑑直の口調は小梅に諭すというより、自らに言い聞かせるようだった。

これまで山の中で追いかけっこをしていた相手とは思えない。小柄で、自分よりも子供だと思っていた鑑直がここ数ヶ月で急に大人になっていくようで、頼もしくもあり寂しくもあった。

そんなに急いで大人にならなくていいのに、とも思う。薩摩が攻めてきたら何だというのだ。何万の軍勢が押し寄せようと、夫は守ってみせる。

「軽々しく動かないように」

境を越える時に鑑直はもう一度呟《つぶや》くと、両手で己の頬を一つ叩《たた》いた。かつて境の峠にあった番所小屋には人はおらず、古後と帆足の緊張が緩んだことを示している。人の往来も婚礼を境に増えていたが、そういえばここしばらく古後領から来る商人の数がめっきり減っていた。

間もなく古後の郷というあたりで、今度は小梅がふと足を止めた。

「どうしたの？」

血の臭いがする、と鑑直に言うべきか迷った。山の中では時に流血がある。獣どうしの生きるための戦いに流血は避けられないものだが、大抵はすぐに消える。だが流れてくるこの臭気はあまりに不穏で濃密だった。

「この先に太田《おおた》の集落がある」

そこは百人ほどが暮らす古くからある山里で、古後と帆足の境にあって長く周囲と交わりつつ従わぬ暮らしを続けてきたが、古後摂津守の代になって盟約を結んでいる。だがあくまで盟約であって臣従ではない。

「小梅、何か感じるのか」

表情に出さないように努めていたのに、鑑直は見抜いたように言った。

「人の血の臭いがする」

「難に遭っているのかもしれない。助けに行こう」

「でも何か危ないことが……」

「この山の中で俺と小梅が揃っているのに？」

それもそうだ、と言いつつ鑑直と先頭を代わってもらった。鑑直は短弓の名手だ。自分が異変を察知して、たとえ何者かが襲ってきても負ける気はしないが、より戦いやすい。

狭くて急だがよく手入れされた山道を歩く。山の人間はたとえ足にけがをしていようと米俵を担いで山道を行けなければ一人前とは目されないが、道行く者のために道を整えておくのも山の人々の責務だ。

「歩きやすいね」

揃って無口だが働き者の村人たちのことを思い出す。ただ寡黙なだけではない。小柄ではあるが屈強で粘り強く、各地の大名から乞《こ》われて探索の任に当たることもある。それは時として、血なまぐさい影働きを伴うこともあった。

「血の臭いが強くなってる」

「俺にもわかるくらいだ」

小梅はかえって歩みを遅くした。流血をもたらした者たちがまだ近くにいるおそれもあった。ただ、道に血は落ちていない。村が近づくにつれ、男たちが騒ぐ声が聞こえてきた。

八

鑑直の目配せを受けて小梅はするすると樹上へと登っていく。村の入口には武具や兵糧などが積み上げられていた。その周りを取り囲んでいるのは、胴丸をつけた足軽たちだ。

「こんな山奥じゃろくな物もねえな」

「山猿どもはさっさと逃げちまうしよ。摂津守さまの命に従わないなら切り取り次第って言うから来てみたが女もいねえし酒はまずいし、これじゃ山道で疲れただけだ」

身なりの汚い足軽たちはどっと笑う。

「小梅、古後の衆か」

「違う。見たことない人たち」

戦乱の世、流浪して各地の有力者に雇われる雑兵たちが数多くいた。そのような者たちは戦が近い場所に現れ、頭数を捧《ささ》げる代わりに乱暴狼藉《ろうぜき》を黙認される。

「あれが将か」

足軽たちからやや離れたところに一人立っている若い男がいる。狼藉を働いている男たちに目もくれず、じっと山の方を見ている。

「古後の者ではないと、思う」

だが、小梅はそこではっと目を見開いた。

「鑑直、あれが見える？」

若者の周囲がぼやけて見える。あの時と同じだ、と小梅は警戒した。帆足家に嫁ぐ前、最後に妹と言葉を交わした際に彼女にまとわりついていた霧とも煙ともつかない何かだ。

「いや、俺には見えない……」

鑑直は目を細めて見ていたが、諦《あきら》めたように首を振った。その時、ちりん、と鈴に似た音が鳴った。

「あの先に形《かたち》がある」

不意に耳元で声がして小梅は思わず山刀を抜きはらった。気付かずここまで近づかれたことはない。鑑直と同じ木に飛び移って元いた場所を見ると、あの薬売りが枝の上に立っている。

「曖昧模糊《あいまいもこ》たる煙の中、已の素性を全て隠して悪をなす」

「どういうこと？」

「モノノ怪《け》に形、真《まこと》、理《ことわり》あり。その全てを明らかにせねば討ち果たすことはできぬ」

「ちょっと待って。牛鬼は倒したんじゃないの」

二人の父の間にある不信を理として強大な力をふるったモノノ怪牛鬼はその理をあらわにされて薬売りに討たれた。この男の力なくしては牛鬼を倒すことなどできなかった。

「我在るところモノノ怪もまた在り」

「あの煙みたいなのがそう？」

「形すら隠しているのであれば、それを明らかにすることからです」

男は足軽たちに何かを命じる。だが、略奪に忙しい男たちはすぐには命に従わない。するると男を取り巻いていた煙が幾筋にも分かれて足軽たちを取り巻いていく。煙に包まれた足軽は身につけられるだけの財物を麻袋に詰め込むと、よたよたした足取りで山を下りだした。

「あいつら……」

怒りに頬を紅潮させて出ようとする鑑直を、薬売りが止めた。

「古後と戦をしたいのですか」

「あいつらのしていることは野盗と同じだ。野盗を討つことの何が悪い」

「あの若者は古後摂津守の娘、豆姫の夫となる男だ」

小梅は思わず口を押えた。そんな話は聞いていないし、妹の夫となる男が山賊のような行いをしていることも許せなかった。だが怒りに歯を食いしばったまま、それでも耐えている夫を見て何とか己を落ち着かせた。

「でも、村の人は？」

血の臭いはするが、倒れているのは物取りに来た足軽のものばかりだった。強弓に体を貫かれているものがほとんどだ。

「山に逃れているはず。山に入ればよそ者は手も足も出ない。それにしても、反撃して皆殺しにもできただろうに」

「きっと途中で古後家の手の者だと気付いたんだ」

いきなり襲い掛かってきたとはいえ、古後摂津守の臣下を多く殺してしまっては元の間柄に戻ることは難しくなる。財産を奪われ、村を燃やされることになっても山に逃れる苦渋の決断を下したのだろう。

足軽たちが家々に火をつけていく。激しい炎と共に煙が上がる。禍々《まがまが》しく身をくねらせる煙の奔流が村を覆う。逆らえばこうなるという警告を、深い谷と険しい峰々をこえて送っている。

煙を眺めていた若者の口元には笑みが浮かんでいる。その口が大きく開く。少しずつ、だが骨が砕けるような音がして顎《あご》が外れ、手桶《ておけ》ほどの大きさにまで開き、その口に煙が吸い込まれていく。

「なるほど」

薬売りがわずかに頷《うなず》くのが見えた。

若者が全ての煙を腹中に収めると同時に、毬《まり》のように膨らんだ体はやがて元の姿に戻る。悠然と古後郷に戻っていくその姿を、小梅たちはしばし呆然《ぼうぜん》と見送るしかなかった。略奪者の姿が消えるのを待って、鑑直たちは逃げ遅れた人がいないかを探し、火事場の片づけを始めた。

「古後の婿が物取りに来て、古後から嫁に出た娘が片づけをするのか」

　山に逃れていた村人たちが戻ってくると、険しい表情で小梅たちを取り囲んでいた。その手には山刀や弓が握られている。武器を突き付けられているわけではないが、怒りと殺気に満ちている。厳しい山の暮らしで、災いに備えた食料や財物を奪われることが何を意味するのか。

「聞いてくれ！」

　鑑直は小梅を庇《かば》うように前に立った。

「この人は俺の妻で、今は帆足の人間だ。古後から我が帆足郷にも臣従するよう命じる文が来た。従わなければ力で併呑《へいどん》すると」

「我らが受け取った命もそうだ」

　村の棟梁《とうりょう》が怒気を含んだ声で言った。

「累代の付き合いもさることながら、これまで諸家の間をうまく取り持っていた摂津守どのが乱心したような書状を送ってくる。何か変事が起きたのではと憂えているところに、先ほどの者たちが襲い掛かってきた」

「従わないと返書を送ったのですか」

「たわけたことに答える必要はないし、まずは様子を探ってと思っていたのだが……」

その不意を衝《つ》かれてしまったという。

「ではあの人だけが逃げ遅れたということですか」

広場で首を落とされた男の遺体に目をやる。

「いや、あれは我らで裁きをつけた」

「裁き?」

「あやつは摂津守どのの言葉にそそのかされ、この小さい郷で人々の間に溝を作り、豊かさへの憧《あこが》れをかき立てて力を握る方につくようにけしかけたのだ。我らのような小さな里では数人が異を唱えても皆の命に関わることがある」

山の暮らしの肝はどれだけ人々の力を合わせるか、だ。人にはそれぞれ考えがあるが、それぞれが己の欲に従っていては皆が死ぬことになる。

「そのような欲に心を惹《ひ》かれるような人間ではなかったのに。摂津守どのから使わされてきた豆姫の許嫁《いいなずけ》と称する男は、言葉巧みに欲をあらわにしたこの男を取り込んだ」

棟梁は悔しそうに舌打ちする。

「誰しも欲がある。だが二人もわかっていようが、この深い山の中で生きていくには今日の命を神仏に感謝し、空と大地から与えられた恵みに不満を覚えてはならない。

そのような力を得たとて何になる。誰かが多くを求めることで他の者が多くを失う。その痛みを知っているからこそ、玖珠郡の者たちは小異を捨てて大同についてきたのに」

その間にも村人たちは黙々と片付けに加わっていく。ここからの再建の辛苦を考えるとそれだけで口の中が苦くなる思いだった。

「このことは決して許されることではない」

鑑直は憤然と言った。

「このままでは郡内がバラバラになってしまう。これまで謳歌《おうか》してきた自由な暮らしも、いずれ大きな勢力に蝕《むしば》まれてできなくなるでしょう」

「その通りだ。こうなると他の郷が心配だ。わしは人をやって皆の心をつなぎとめてくる」

太田の棟梁は村を焼かれてもなお、郡の結束を守ろうとしていた。鑑直もこの心を無駄にしてはならないと腹を括《くく》る。

「俺はかねてからの予定通り摂津守に目通りしてその真意を確かめてきます。これが私利私欲によるものなのか、何か他に考えがあってのことなのか。いや、すでに盟約を結んでいた郷に野盗まがいの足軽たちを送りこんで火をつけるなど、どういう言い訳も立たないと思いますが……」

「それでも我らはこの山を離れて暮らすことができないし、これまで築いてきた繋《つな》がりを断ち切りたくはない。どれほど苦労があろうと家や物はいずれ手に入れることができる。しかし、人のつながりは一度切れてしまえば容易には戻らない。島津という巨大な力がこの山に迫っている以上、事は急を要する」

九

古後郷の中心に近づくにつれ、霧は深くなっていった。それは物が燃える匂いと血の臭いが入り混じった不快なものだった。この臭いを鑑直は嗅《か》いだことがある。大友家から人数を出すように命じられて数人の仲間と参陣した時だ。

先頭に立って戦うということはなく、戦場に先乗りして罠《わな》の探索と戦が終わった後の戦場の検分を任されていたが、その時に嗅いだ猛烈な血と死の臭いだ。

「もう薩摩の軍勢が来ているのか……」

鑑直は不安になりかけた。山の噂は風よりも速く駆け抜ける。豊後の山に大軍が近づけば風が教えてくれるはずだった。

玖珠郡から四方に延びる道には、ひっきりなしに往来がある。鑑直たちも粗末ながらも甲冑《かっちゅう》をつけた兵の一団とすれ違った。敵意を見せるわけではないが、目を合わせることも挨拶《あいさつ》を交わすこともなく、どこかへ急いでいく。

「どこへ向かわれる」

そう訊《たず》ねても答えはない。帆足郷の鑑直はともかく、古後の姫であった小梅に対しても全く無視しているのがあまりに異様だった。小梅は何かを思い立ち、先頭を行く兵の前に立ちふさがった。

「どこに行くか答えよ。盟を結ぶ帆足からの使者が問うているのだ。応《こた》えるのが礼儀ではないか」

小梅が咎《とが》めても、その脇を通り抜けて前に進もうとする。だが小梅とすれ違って進もうとする者は次々に腹を押さえてうずくまった。その打撃は胴を通して兵たちの意識を刈り取った。

「そんな技もできるんだ」

「前に岩を砕く鍛錬してる時にできた。やらない？」

「岩が砕ける前に拳《こぶし》が壊れてしまうよ」

「でも岩を砕く力を得ないと、岩を守ることもできないから」

その様を見て槍《やり》を構えたのは兵たちを率いていた騎馬武者であった。山を行くための小柄だが頑健な阿蘇馬にまたがったその男は、

「行く手を妨げる者は討つ」

と虚《うつ》ろな声で言った。

「前にいるのが誰だかわかる？」

小梅は甲冑に隠れた瞳《ひとみ》を見ようとした。この若者は知っている。古後家の遠縁にあたるから幼い頃から共に武芸に修練に励んだこともある。互いの技量は理解しているはずだし、武器を向けてくることなどあろうはずもなかった。

「父上は何をされようとしているんだ？」

「……行く手を妨げる者は討つ」

短槍《たんそう》を一度しごくと、猛然と突き込んできた。狭い山道で、しかも騎乗しながら槍をふるうのは至難の業だ。しかも小梅相手なのに、その速さと強さは全く引けをとるものではなかった。

「そこまでの鍛錬を積んだとは」

小梅はどこか嬉《うれ》しそうに言いつつ、山刀で槍を受けた。鋭い音がして火花が一つ散る。だが、数合戦ううちに小梅の表情は曇ってきた。先だってのモノノ怪《け》相手にすら

ひけを取らなかった小梅が、ただの人間に押されるなど信じられない。

鑑直ははじめ安心していたが、徐々に落ち着かなくなってきた。小梅はもとより人の範疇《はんちゅう》を超えた動きをしているが、槍の武者も引けを取らない。

「あの娘は感じ取っている」

視界を、美しく隈取《くまどり》された薬売りの顔が占めていた。

「感じている？　モノノ怪をか。だが、どこにも見当たらないぞ」

「確かにこの山の中にいる。だが形《かたち》を摑《つか》むまでに至りませぬ」

「それが牛鬼の時とは違うってことか」

小梅と若武者は激しく斬り結んでいる。だが、小梅は相手を仕留めるというよりはその動きを封じようと木々の間へと徐々に追い込んでいる。短いとはいえ槍の動きに陰りが見えたところで、小梅は手のひらを若者の胴に当てた。

はっ、と気合をかける声が響くと、木々が陣風に煽《あお》られたように揺れて無数の葉が頭上を舞った。先ほどの兵たちはこれで気絶したが、その若武者は白目を剝《む》き、よだれをたらしながらも鎧通《よろいどお》しを抜き、小梅に向けて突き出した。

正気を失っている。逆に小梅はほっとしたが、動きが人の域を超えており、筋骨が悲鳴を上げているのが聞こえる。小梅の表情が険しくなっていた。気を失う程度の打撃では動きを止められない。だが、幼き頃から知っている若者を過剰に痛めつけることがどうしてもできない。

その時、若者の膝《ひざ》に矢が突き立つ。樹上を見ると、鑑直の弟である吉高が残った左腕と足を使い、短弓を放っていた。

「義姉《ねえ》さん、やりすぎぐらいでいいから、もう一度!」

頷《うなず》いた小梅は、

「戻って……こい!」

もう一度胴に手を当て、衝撃を加える。全身が波打って今度こそ若者は倒れる。がくがくと震え、大きく開いた口から何かが吐き出される。煙に似たそれはあっという間に山風の中に散っていく。

「形……半ば見えたり」

薬売りが宙を摑んだ手から、霧がふわりと消えていった。

十

父の隣に将来の夫となる美丈夫が控え、その目の前には郡中から集められた財物がうずたかく積み上げられている。深い霧が古後郷を覆いつくし、富と力への渇望が渦巻いている。この霧の中にいると、典元のためにもっと得なければ、奪わなければ、という焦りに心が塗りつぶされていく。

「山中の小郡といえども、これほどの富がある。富は力であり、力は明日への扉だ」

伊地知典元は忙しく立ち働く人々を激励するよう言い続けた。

「力のある者に富を集め、その力を増すのだ。さすれば貧しい山から出て豊かな里を併呑《へいどん》し、力を思うままにふるうことができる」

誰も答えない。熱狂はない。だが、典元の言葉通りに人は動く。それは父の古後摂津守も変わらない。周囲に服従を命じる書状を夜通し書き、返書を持った使いがくればその心が変わるまで説き伏せ続ける。

その疲れを癒《いや》すのは日々集まる服従を誓う起請文と、真心の証《あかし》となる貢物と兵員だ。財と人が増えれば増えただけ、古後家の力は増していく。力が増したと四方に伝わるほど、より早く人は従うようになる。

そして屋敷の背後の山肌では、木々が切り倒される音がひっきりなしにしている。山を切り拓《ひら》いて作られるのは田畑ではない。この辺りにないような、強大な山城の建設が始まっていた。

「この城が落成した暁には、もはや島津は脅威ではなく、大友の庇護《ひご》を受けることもない。何かとうるさい国衆や土豪どもの話に耳を傾けることもなく、ただ殿のお心のままに政と戦の采配《さいはい》をふるえばよろしいのです」

「……そうだ……心のままに」

直臣たちの小袖《こそで》も急に質の良いものに変わった。富と力のあるところに、そのおこぼれに与《あずか》ろうとする者たちも集まってくる。かつて月に一度、行商人がわずかに荷を背負ってやってくるだけだった広場には日々市が立ち、目を血走らせた客と商人が口角泡を飛ばして値決めの交渉をしている。

その時、後ろ手に縛られて摂津守たちの面前に引き据えられた一団がいた。

「摂津守、何を考えてる」

玖珠郡国衆の一人、長野《ながの》家の当主は誇り高く昂然《こうぜん》と胸を反らし、壇上にいる者たちを睨《にら》みつけた。

「これまでの習を捨て、己《おの》が欲のままに財を掠《かす》めて人をさらい、逆らえば盟を結んでいた相手もこの扱いか」

「悪しき習であれば改めるのが政だ」

ぼんやり聞いている古後摂津守の代わりに典元が言い返した。

「貧しき平和に安住して激動の世に目を背けているばかりでは、滅びを待つのみ」

「そんなたわ言が通ると思っているのか」

「通すだけの力が我らにはある」

「力があれば何をしても良いのか」

「天下の趨勢《すうせい》を見よ」

典元は言う。

「富こそが力、大こそが勝利の源だ。戦乱の風雲は九州にも吹き荒れ、玖珠郡の山中とて例外ではない」

「よそから来た若造に問うているのではない。我らが盟主として推した男は何故黙っている。お前の口から存念を聞かねば、何のために村を焼かれたかわからぬ」

「殿が話すまでもない。従う者は大なる我らと一体となって、富貴と栄光を得ることになろう。疑念を抱いたり逆らったりする者は己の弱さに魂を惹《ひ》かれ、死への旅路を歩むのだ。斬れ！」

豆姫はさすがに制止しようと声を上げた。

「我が妻よ、何故止める？」

「これまで長年共にことに当たってきた人たちを斬るのですか」

「これより先の道は殿のもと大同団結して進まねばならん。富も力も率いる者への忠誠を誓ってこそだ」

「先を急ぎすぎては人心が離れます」

「離れるような人心は除くのみだ。それは誰であっても変わらない」

胸倉を摑まんばかりの勢いで顔を近づけ、はっと息を吹きかけてくる。目の前が曇って典元の行いを止めようとする心が消えていく。こんなことは間違っている。富や力を手に入れたとて、郡内の信望を失えば何の意味もない。

だが、全身を取り巻く紫を帯びた雲が鼻から肺腑《はいふ》に吸い込まれていく。胸のあたりが熱くなって、その熱が全身に広がっていく。怜悧《れいり》さが熱で消え、富と力に恋い焦がれる欲だけが燃え上がる。

「き、斬れ！」

豆姫も叫ぶように命を下す。古後摂津守の近侍が刀を振り上げたその時、鈍い音がして刃先が砕け散る。それと同時に近侍は腹を押さえてうずくまった。

十一

「姉さま……」

　世界がぐらりと揺れて、全身を覆っていた霧が晴れる。はっと気が付くと、斬られようとしていた長野家の当主を助けようと走り出た。

「お前はそちらにつくのか？」

　悲しげな声が後ろから囁《ささや》いてきた。典元ほど自分を認めてくれる人はこれまでいなかった。もしここで姉につけば……。足が止まり、膝をついてしまう。

「それでいい。大いなる力に従え。心が求める愛に従え。大いなる力の一部となることこそが、お前の幸せだ」

　正しく大いなる力が欲しい。誰もが私を否定せず愛してくれる力だ。否定されないためには力が必要で、だからこそ私は典元と共に玖珠郡を豊前豊後の覇者に育て上げるのだ。

「皆のもの、非礼にも裁きの場を乱す者たちに罰を与えよ！」

　豆姫は金切り声で叫んだ。姉の声に一度は晴れた霧がまた深くかかってくる。その霧は温かく湿っていて、冷たく乾いていた心を癒してくれる。だが、兵たちの動きは鈍い。小梅が怒りの形相で仁王立ちになっているのを前に霧のかかった心ですら躊躇《ためら》うのだ。

「何をしている！」

豆姫は傍らの典元を振り向く。その美しい顔も濃い霧に覆われてはっきりと見えなくなっている。典元は一度大きく腕を広げると大きく息を吸い、霧をその間に集めると小梅の方へと押し出した。

ぐっと足を踏ん張って受けようとした小梅に鑑直が飛びついて伏せさせる。霧はやがて矢の速さとなって壁に当たると、その壁が溶けて消える。

「あやつらの首を取れ。さすればここにある財物は全て思いのまま。鬼が何だ。帆足の使者が何だというのだ」

豆姫はその醜い命を自らが出しているのか、それとも典元が下しているのかわからなくなっていた。姉の瞳《ひとみ》がこちらを見つめている。強い光の中に怒りがあり、その怒りの炎が己を焼く様まで思い浮かべることができた。

「あの火を消して！」

あまりに強い命の炎を間近で見ているのに耐えられなかった。

「そうだ。滅びを願え。消えろと叫べ」

豆姫は己の袖《そで》から霧が立ち上っているのを見る。典元と同じだ。ここにいる皆も同じだ。それぞれが欲するままに貪《むさぼ》るのだ。

「さあ鬼の子、ここに並ぶはお前の贄《にえ》だ。存分に食らってその呪われし血肉を肥やせ。鬼の力の前に人の肉体などあまりに脆《もろ》い。その脆さを楽しむのだ」

抜刀して斬りかかる男たちを小梅は難なく避《よ》ける。だが、当て身すらせずただ避けている。欲望の霧に囚《とら》われた者たちの筋骨には殺意の力が漲《みなぎ》り、望みの妨げとばかりに小梅に襲い掛かる。

さらに激しくなる戦いに目を奪われた刹那《せつな》、豆姫はぞっと寒気を感じた。傍らにいる典元の体がのけ反り、その喉元《のどもと》には白い指先が当てられている。

「薬売り、何を……」

その刃《やいば》がすっと引かれるのを見て豆姫は思わず目を覆った。だがそこから噴き出したのは鮮血ではなく、濛々《もうもう》たる白煙だった。薬売りの持つ天秤《てんびん》がちりりりと鳴る。

「濛々たる煙に隠したるは己が形《かたち》か、否」

白煙は風の中に姿を消そうとするが、薬売りの放つ鈴の音がその周囲を取り囲んでいく。見えないはずの音の壁が確かに見えた気がした。

「その煙こそがモノノ怪《け》の形《かたち》。名を煙々羅《えんえんら》」

だが煙はそこから出ようともがく。音と煙はぶつかり合い、煙が押し返す。人々が吐き出した煙を新たに吸収し力を増しているのだ。

「人々から吐き出されるのは足らぬ足らぬと飢える心。虐げられていると復讐《ふくしゅう》を願う心。今あるところに否と叩《たた》きつけたくなる怒り」

薬売りの言葉は呪の詠唱のように重い。敵を認めた煙々羅がその姿を包み込むと、激しい雷光がその中で閃《ひらめ》いた。吐き出された薬売りの体は傷だらけになっている。

「モノノ怪煙々羅、憤怒《ふんぬ》の中に命を落とした母の無念。それこそが真《まこと》」

典元は魂が抜けたように白目を剥《む》き、口を大きく開けて座り込んでいる。その呆《ほう》けた姿を見て、これが自分の愛した男かと急激に醒《さ》めていくものがあった。だがその目がぐるりと回り、豆姫の裾《すそ》にすがる。

「す、捨てないで。俺を置いていかないで」

先ほどまで傲然《ごうぜん》と周囲に命を下していた美丈夫の姿ではない。涙と涎《よだれ》で顔を汚した赤子のようだった。煙があやすようにその周りを取り巻く。豆姫はそれまで欲と血にまみれていた煙の向こうにどこか懐かしいあたたかな気配を感じ取る。

「俺が強ければ、俺に力があれば母上は……」

遠くに別の声が微《かす》かに聞こえる。霧はどんどん深くなる。淵《ふち》のごとく深くなって人々を包み、息もできぬほどの濃さでのしかかってくる。息苦しく喉《のど》を押さえたところで、びりびりと全身を震わせる波が押し寄せてきた。

霧が荒れ狂い、その振動の源が姉であることに気づいた時には、鬼の咆哮《ほうこう》で霧の淵に大穴が開いている。その霧の中心にあるのは、白い靄《もや》に包まれた一人の女性の幻だった。

「子を想う親の心ほど強きものはない。人の世において尊きものも、時にモノノ怪の餌食《えじき》となる。情愛は憎悪へと変わり、諦念《ていねん》は執着となる」

かちん、と乾いた音が響いた。

「力なき故に命を失い、富なき故に辛苦を嘗《な》め、子を遺《のこ》して冥府《めいふ》へ旅立つその絶望。憤怒《ふんぬ》と憎悪で塗りつぶされた母の愛。母の悲運を新たな欲で塗りつぶさんとした子の執念」

ここまで抜かれることのなかった薬売りの剣が光を放つ。薬売りの姿が変貌《へんぼう》を始めている。それは見慣れた甲冑《かっちゅう》姿の武者ではなく、鬼神のような姉の立ち姿とも異なっていた。唐土伝来の絵巻物で見たような、異国の戦士の姿がそこにあった。

「理《ことわり》、見つけたり」

形を定めず、狙いを定めさせなかった煙々羅は様々に形を変える。それは古後摂津守の時もあり、豆姫の時もあった。如何《いか》に形を変えようと、薬売りの剣から逃れられない。激しい煙の奔流の中に入ろうと典元はもがく。そして豆姫に近づくと、脇差《わきざし》を抜いた。

「力さえあれば……」

「何をする気？」

「お前の憤怒と憎悪を俺に捧《ささ》げよ！」

閃いた刃を正面から受け止めた影があった。それは小梅でも鑑直もない。

「吉高……」

片腕と片目を戦場で失い、豆姫の許嫁《いいなずけ》の地位を捨てた帆足の若者だった。

「伊地知典元、お前の怒りがいかほどのものか、俺にはわからない。でもこの人は俺が初めて愛した人。自ら命を絶たず日々を送る理由だ。凶刃の下に死なせるわけにはいかない」

豆姫は心の中で何かが塗り替わっていくのを感じた。

「違う、私は不祥の子で、それを乗り越えるには力と富が……」

「考え違いしないでくれ。俺の傷は君のせいではなく、俺が戦の中で仲間を守るために命を張ったがゆえ。許嫁だった男は愛する者のために命を失うことも恐れない勇者と、君には誇っていてほしいんだ」

忘れていた。忘れようとしていた心を思い出した。だが煙のように残っていた典元への想いが心を乱す。

「この娘は俺のものだ。俺のために生き、死ねばいい」

煙が毒蛇の禍々《まがまが》しさで吉高を襲う。だが煙が不意に力を失った。典元ははっと何かに気づいたように煙を見上げる。煙の中にこれまでとは違う小さな女性の影が揺れている。

「母上、違うのです。これは、本当はこんなことを、したいわけでは……」

典元は風に押し戻されそうになりながらも這《は》っていき、懸命にそこに手を伸ばす。だが、影は小さく首を振り、煙々羅の中に滲《にじ》み消えていく。薬売りの大剣が嵐気《らんき》をまとい、風を切る音が流れ始める。

「親の心、子に伝わらず」

薬売りは煙々羅の濛気の中に踏み込むと剣を一閃《いっせん》させた。暴風を巻き起こした大剣がモノノ怪を両断すると煙が晴れ、郡全体を覆っていた霧が晴れる。

「……これでもまだ全てでは、ない」

薬売りの退魔の剣が鞘《さや》に戻り、異国の戦士だった薬売りが元の姿へ返ると、豆姫は悔恨から崩れ落ちる。その体をしっかりと支えたのは、帆足吉高と姉だった。

第三話　輪入道《わにゅうどう》

一

玖珠郡を覆う霧が晴れていくのを遥《はる》かに見て、老僧はつまらなそうに鼻を鳴らした。半ば燃え落ちた伽藍《がらん》の奥には、巨大な護摩壇がしつらえられている。祈りを捧げるための法具はいずれも顔が映るほどに磨き上げられ、映っている僧の顔もまた黒壇の木肌のように光っている。

「慈円《じえん》さま、間もなく法要の時間でございます」

「うむ……手筈《てはず》通りにな」

刻限が迫ることを告げに来た若い僧の表情は緊張にこわばっている。それを見て薩摩随一の高僧、慈円伝灯大法師は顎《あご》で一つ奥の部屋を示した。

「は、ただいま」

若い僧は慌てて闇の中へ消える。そして金襴《きんらん》の袈裟《けさ》を恭しく捧げる。呪を唱えながら身にまとう。首から上を全て隠すような僧綱領《そうごうえり》と合わせ、生き仏のような厳かさが表れ、若き僧は合掌して伏し拝んだ。

「我が後ろにいらっしゃる御仏に手を合わせる心を忘れるでないぞ」

「私には師こそ仏の垂迹《すいじゃく》されたお姿に思えます」

「そのように思うようでは、お前もまだまだ。そう思わせるわしも、未熟よの」

そうは言いつつ、慈円の口元には微《かす》かな笑みが浮かんでいる。もう少し襟を大きくして威厳を高めようかとも考える。

「新納《にいろ》さまのご様子は？」

「主だった将領の皆さまと共に、法要の場にお待ちです」

頷《うなず》いた慈円は傾いた本堂の奥に安置されていた厨子《ずし》の前で香を焚《た》く。その煙がまっすぐに上るのを見つつ、ともすれば昂《たかぶ》ろうとする心を鎮めていく。

島津は大軍勢を動員し、九州に覇権を唱えるべく北上を始めている。各地に盤踞《ばんきょ》する小勢力は島津や大友、竜造寺といった大勢力に庇護《ひご》を求め束の間の平穏を楽しんできた。

そのような平穏は諸侯の力が拮抗《きっこう》していたからあり得たかりそめのもので、天下動乱の世にいつまでも続くものではない。既に竜造寺は倒れ、大友の主《あるじ》は暗愚だ。薩摩島津家は天下の西南端にありながら世の流れを鋭く読み、戦の中に身を投じた。

だが、戦もただ戦場で雌雄を決すれば良いわけではない。無数の 謀《はかりごと》 と政を絡み合わせて、それでも事がならぬ時にはじめて大軍で攻め寄せるのだ。その謀の一端として、玖珠郡に一人の若者を送り込んだ。もっとも、本人は送り込まれたとは理解していなかったであろう。

「所詮《しょせん》は乳離れもできぬ若輩者のすることよ」

慈円は伊地知典元が持つ魔性が、山中の一郡程度なら左右できるのではないかとひそかに望みを抱いていたが、そう簡単にはいかないようだ。

「慈円大師、そろそろ……」

法要の場を取り仕切る権少僧都がやや慌てた様子で法要の開始を願った。

「慌てずとも大いなる力は我と共にある。待たせておけ」

さらに一服茶を啜《すす》った慈円は、唐土渡来のヤクの毛でしつらえた払子《ほっす》を手にとると、ゆったりした足取りで寺の中庭へと出た。そこは静まりかえった本堂とは打って変わり、人の気配が充満している。

甲冑《かっちゅう》の間から蒸れた汗の臭いを漂わせ、いら立ちを眉間《みけん》の深い皺《しわ》に漂わせているのが、豊前豊後攻略の総大将である、新納忠元《ただもと》だった。

「導師、いつまで待たせるつもりだ」

「御仏へ願いを届けること、武家の戦と同じ。備えが肝要にございます」

そう言うと不愉快そうに黙った。

「それより、今頼んでいた品はいつ来るのだ」

「手配は済んでおります。間もなくお手元に参りましょう」

あやすように答え、導師席に腰を下ろす。慈円がさっと袖《そで》を払うと、六尺ほどに積み上げられた護摩木にぱっと火が付いた。真言と共に炎が渦を巻き、明王になったかと思えば竜に変化する。

「おお……これが開聞山不軽院《かいもんざんふけいいん》の秘法、転輪炎王の行」

厳《いか》めしい武者たちが瞳《ひとみ》を輝かせ、中には手を合わせている者もいる。炎は時に参列している男たちを驚かすように舞ってみせる。炎は大車輪となって周囲を疾走し、その中央には慈円が尊者と呼んで敬する上人の顔が浮かんでいる。

慈円の呪は速く激しくなる。この真言が何を意味しているか、誰一人知らないだろう。実は慈円も知らない。彼の真言は弘法《こうぼう》大師が伝えた正統のものではない。だが、それは確かに神仏と繫《つな》がり、慈円に炎を操り、水を鎮める力を与えていた。

やがて詠唱は終わり、炎は小さなものへと変わっている。参列者は皆満面に汗を浮かべ、しかしどこか爽快《そうかい》な顔をして去っていく。だが主将である新納忠元は一人残っていた。寺院の周囲には忠元の近侍だけが残り、内密の話があることを示している。

「そのまやかしでどれほどの稼ぎになる」

いきなり横面を張るような強い言葉だ。

「まやかし、とはお言葉が過ぎるのではありませんか」

我が術の真実を知れば卒倒しようが、と言いかけて止める。

「殿がお前を連れて行けと仰るからその通りにしたが、篝火《かがりび》を舞わせてみたところで戦には勝てぬ。そもそも、わしは貴様が広める「鬼道」とやらをを信じてはおらん。なんでも死体を甦《よみがえ》らせる秘法があるとか。それはまことか」

「秘法は秘すればこそ。ところで、新納さまのお家は……曹洞禅でございましたな」

「わしの家は、ではなく薩摩は皆そうだ」

「もちろん、私も国の御法度に従って修法を行っております」

「人を無知と侮るなよ。永平寺《えいへいじ》にそんな修法はない」

「鬼は仏に拠《よ》って安楽を得、やがて仏法の守護者となります。その道は決して邪《よこしま》なものではございませぬよ」

「怪しいものだ」

新納武蔵守《むさしのかみ》忠元は島津四勇将の一人に数えられ、その武勇、その智謀、その教養、いずれをとっても一国の柱石にふさわしい英傑である。身の丈五尺の小柄な体で、六尺を超える慈円と並ぶと背丈だけを見てみれば大人と子供だ。だが慈円は背中に流れる汗が袈裟まで達するのを止めることができない。

「お前がわしのもとに参陣しているのは、我らに指図するためではない。邪教の類《たぐい》が我が家の糧になるのか仇《あだ》となるのか見定めんがため」

「……重々承知しております」

まだ己の力でこの小男ひとり思うまま操ることはできない。慈円は内心激しく舌打ちしていた。

二

幼い子供たちが針と糸で何かを縫い合わせている。それを慈円が微笑みを浮かべて眺めている。だがそれは木漏れ日の照らす縁側で行われているわけでも、子供たちの間に歌声や笑みが溢《あふ》れているわけでもない。

「ご注文の品を、ここに……」

薬売りが慈円の前に薬種を並べていく。腐敗を抑えるもの、苦痛をやわらげるもの、意図せぬ快楽を与えるもの、どれも舶来の薬種の中でも貴重で値の張るものばかりだ。

「屍人《しびと》を使うのは生者よりも高くつく」

慈円はこの薬売りを気に入っていた。おぞましい術を見た者はその場で命を奪うことにしているが、屍人還《がえ》りの術の場にいつの間にか入り込んでいたこの男は、眉《まゆ》ひとつ動かさなかった。

「おぞましいものを見るため、この世をさまよっております」

薬売りはそう言うと、わずかにくちびるの端を上げて見せた。その横顔が見せる酷薄な表情に、慈円はなんとも言えぬ美しさを感じた。

「我がためになるならば出入りを許す」

「商いになるのであれば、何処へでも」

慈円の術には表裏があった。生者の病を治し、絶えようとする命を繋ぎとめること。それが表とすると、絶えてしまった命の器に新たな種を仕込んで己《おの》が傀儡《かいらい》とするのが裏であった。

「新納どのに気取《けど》られてはいまいな」

「それは私の務めでありません」

薬売りの答えはにべもない。この気配の消し方、肝の据わり方はこれまで見たどの影働きよりも優れていた。何とか心酔させて自分のために働かせたかったが、人の命に素直に従うようなたちにも見えなかった。

「このまま屍人の戦士を作り続けるおつもりで？」

「必要とあればな。全てはわしの望みが叶《かな》うまでのこと。天下が我が教えに従うまで働いてもらう」

「屍人であれば不平も言わず恩賞も不要。しかし、屍人の天下に喜びはありますかな」

薬売りの言葉は慈円の耳に不愉快に響いた。

「わしの命に従い、不平不満も言わず命も惜しまず働く。たとえ屍人であろうとそれこそが最良の民ではないか」

「誠に左様で……。屍人は慈円さまのお力を疑いもしませんし、余計なことをするなと脅す上役もいなくなる。そうすると、褒めてももらえないのではないですか？」

この薬売り、肝が据わり過ぎて命知らずな事を言う。

いずれ島津が九州を制覇し、鬼道の教えが人の心を縛ることが成れば、薬売りも屍人に変えて存分に使役してやろう。

「望みがおありでしたら今すぐ行えば良い。さすればことの成り行きもすぐさま明るみに出ましょうに」

このような素性も知れぬ薬売りにからかわれるのも、まだ己に力がないからだ。もちろん、ここで薬売りの首を飛ばすことなど造作もないが、それを誘っているようなところがあって気味が悪い。

「今わしが行うべきことはお前と問答をすることではなく、我が勇猛たる神兵たちを以《もっ》て彼らを先鋒《せんぽう》として玖珠郡を落とすことだ。お前は黙ってわしの依頼したものを持ってくればよい」

「……承りました」

薬売りはくちびるの端に笑みを浮かべたまま退出した。言いようのない不快さを押し殺し、無表情に針仕事を続ける童を一人蹴《け》り飛ばした。泣きも喚《わめ》きもせず、表情も変えず仕事に戻ろうとするその手がぽとりと落ちる。

「屍人を長く使う術にはやはり強き器が必要じゃな」

修行の先に悟りの光が見えぬ時、その闇の中で手を差し伸べてくれたものがいた。仏が説く執着と輪廻《りんね》からの解脱ではなく、恐怖と憎悪にこそ力の源がある。恐怖と憎悪の中で命を落とした肉体は、恰好《かっこう》の術の器となる。

「師」が求めたことはただ一つ、慈円の魂魄《こんぱく》を捧《ささ》げることだった。受け入れることにためらいはもちろんあった。学んでいた禅の教えに、そのような「鬼道」が許されるはずもなかった。

だが鬼の道を究めればそれも真理だ。最後に勝ち残った者こそが正しいのだ。その証拠に、術力を背景にして慈円は薩摩の寺社の間で瞬く間に評価を上げ、ついに島津公の帰依を受けるまでになった。

「戦陣でも大功を挙げればさらに……」

主君の覚えはめでたくなるだろう。権力に愛されるほど、鬼道は許され、広まっていく。新納忠元のように疑念の目を向ける者もやがて我が前に膝《ひざ》をつくだろう。

三

いくら戦場で名を馳《は》せようと島津家の重臣と評されていようと、自分の術力にはかなわない、と考えてみたこともあった。所詮《しょせん》人は人、慈円が修行の中で得た人を超える力にかなうわけがない。

「あやつを倒すには今の術力だけでは足りない……」

島津の君主が新納忠元に寄せている信頼以上のものを、自分は手にしなければならない。そのためには己に備わった「鬼道」の力を薩摩の国中のみならず、満天下に示す必要がある。

「当山では国のために尽くす勇者を何人も養っております」

法要の翌日、慈円は鷹揚《おうよう》な口調で新納忠元と面会していた。

「この度豊後玖珠郡を攻略することにつき、是非我らに先鋒をお任せ願いたい」

「坊主のくせに戦にしゃしゃり出てくるとは。もちろん勝算があって言っているのだろうな?」

「勝利こそが島津の名を天下に広め、そして我が教えの正しさを示すことになります。もしことがならぬ時は、私に神仏の加護がなかったということ」

「神仏の加護もない坊主を陣内に置いておくことはできんぞ」

「勝利への贄《にえ》とされるなり、ご随意になさいませ」

「負けて帰ってきた坊主の首など何の効験もありはしない」

「心得ております」

忌々しさを腹の中に押し殺し、慈円は寺の本堂へと戻る。馬廻衆とともに忠元が本陣へ帰った後、間もなく日が暮れた。暗闇があたりを覆い出すのと時を同じくして、護摩壇に火が灯《とも》る。

わずかな火は瞬く間に業火となり、それはやがて炎の輪となって慈円を包み、陣から数里離れた村へと飛んだ。降伏せず島津に逆らった村の始末を、慈円は願い出ていた。

村の社の拝殿前に、捕らえられた村人たちが集められている。その周りを足軽たちが取り囲んでいる。だが兵たちの立ち姿はだらしなく、両手をだらんと前に垂らして体がかすかに揺れている。どれも胴丸をつけ、槍《やり》を持ってはいるものの、精鋭の気配はない。

「お前たちは生死の因果を乗り越え、わしの術の力によって不死身の戦士となった」

慈円は足軽たちに重々しく語り掛ける。

「明日、我々は玖珠郡に向けて進撃を開始する。お前たちの命と魂は滅びることなく、傷の痛みや病の苦しみを味わうことはない。存分に戦い、我が教えの偉大さを天下に知らしめるのだ」

聞いているのかいないのか、兵たちはめいめいにうめき声をあげている。

「そのための餌だ。喰《く》らうがいい」

清浄なはずの社に悲鳴と絶叫が響き渡る。屍人《しびと》の兵は囚《とら》われた人々の体を裂き、心の臓を摑《つか》み出すと音を立てて貪《むさぼ》り食った。喰われる人々の恐怖を巻き込み、吸い込むように、炎の輪が疾駆する。その輪の後には命を亡くした肉体が横たわり、屍人の兵がその肉を裂いて腸《はらわた》を貪っている。あたりにはたちまち生臭い血の臭いが充満した。

これぞ「鬼」の宴《うたげ》だ。力ある者が弱き者たちを殺して喰らう。

「聞けば玖珠郡には鬼御前とあだ名される女丈夫がいると聞く。その肝はさぞうまかろうのう。お前たち、もしそやつを討ち取ったら、わしに肝を持ってこい」

屍人の一人が命を聞き違えたのか、口の周りに血と脂をべっとりつけたまま近づいてきた。

「弱き屍人は素直に従いおるわ」

厭《いと》わしげに慈円は手を振った。

「だがこんなものでは足らぬ。鬼道を名乗るのに鬼の力を手に入れぬのは片手落ちよ。新納忠元め、見ておれよ。玖珠郡の女鬼の心の臓を、わしの屍人に喰らわせれば……」

笑みを浮かべる慈円の頭上で炎の車輪が激しく回り続けていた。

四

正気に戻った古後摂津守は、郡内の国衆と土豪たちに非礼を詫《わ》びて回る毎日を過ごした。もちろん、容易に許されるようなことではなかったが、帆足家の面々が率先して変わらず同心することを示し、詫びの席には鑑直や小梅も同席した。

さらに、典元の母は島津家当主の子に嫁いだが、そのうち都から来た人に妻の座を譲らされてモノノ怪《け》となったことが伝わるにつれ、徐々に郡内は落ち着きを取り戻していった。

ただ、伊地知典元の一件が収まった後も、玖珠郡に平穏が戻ってくることはなかった。島津の大軍がすでに肥後の大部分を制圧し、豊後にも間もなく攻め寄せてくると薩摩に放っている細作から報じられていた。

交渉はすでに決裂していた。降伏して故地を捨てることを迫る島津と、累代「侍の持ちたる地」を守り抜いてきた国衆たちの意向が一致するはずもない。ただ、力の差は圧倒的で、玖珠郡周辺の国衆のうち何人かは島津につく目算が高い。

「わしの自業自得とはいえまずいことになった」

摂津守の表情は冴《さ》えなかった。

あの一件以来、小梅と鑑直はまだ古後領に残っていた。

帆足孝直は旧友が心細いだろうから、しばらく残って支えてやれと命じていた。そして、二人の存在が危うく離れかけていた郡内の国衆や土豪たちの心をかろうじてつなぎとめる結果となった。

「帆足が愛想を尽かしていないなら、もう一度合力しよう。島津の言いなりになるなど、もとよりもってのほかだ」

と軍勢を角牟礼に集結させつつあった。

ただ、鑑直と小梅には一つ気になることがあった。

「もうモノノ怪は二匹も討ったというのに、まだ薬売りがいる……」

二人は島津が攻め寄せてくることをもちろん心配してはいた。ただ、モノノ怪の存在を示す薬売りが古後の郷にごく普通に日々を過ごしていることが不安でならなかった。不安の種がそこにあるのだから直接問うしかない。

「なぜまた戻ってきたか？　それはもうお二人にはお判りでしょう」

何の表情も感情も見せずに薬売りは言った。あの炎の出るような戦いぶりと、普段の薬売りの深山《みやま》の泉のような佇まいが小梅の中でいまだにうまく重ならない。

「モノノ怪が近いからこそ、私はいます」

「そういう薬売りは何者なのだ。モノノ怪とは異なるのか」

鑑直は直接問うたことがある。

「さぁ……。私はただの薬売りですよ」

「その口ぶりだと、お前は自分で化け物だと白状しているようなものではないか」

薬売りの口元はわずかに笑みを含んでいるように見えた。

「酷《ひど》い言い様ですね。では私が恐ろしく見えたとして、あなた方はどうされるのですか？」

「どうする……」

「例えば、山中で未知に出会うとどうされますか」

「その正体を探る。どの獣かわかれば、どのような危機かわかれば、生き延びる方法は一通り知っている」

「なるほど……。私はモノノ怪について知っています。今一時の不安よりもその先が肝心なのでは」

「その先か……。確かにな」

薬売りは誰かのために働いているわけではない。ただモノノ怪を倒すためにいるという。敵でも味方でもないが、結果的に自分たちを助けてくれたのだからその意図に関係なく、ともにあるべきではないか。

そこまで考えが至ると気が楽になった。小梅はどこか薬売りを警戒している風はあったが、自分の思い込みで人を嫌うこと、人に嫌われることの辛《つら》さをよく知っている。彼女は薬売りとも心を通わせようと努めていた。

奇妙なことに、この薬売りは鑑直たちが見る限り、食事や水を摂《と》るところを見たことがない。酒を勧めたこともあったが、やはり断られた。

だからといって全てに欲がないというわけではなかった。身につけている衣はいつも清らかで鮮やかであったし、顔は美しく化粧されている。近くで見ると、肌のきれいな小梅よりもさらに肌理《きめ》の細かな絹のような肌をしていた。

「せめて気配のありかくらいは教えてくれないか」

一兵でも惜しいこの時にモノノ怪の犠牲者を出したくはなかった。

「山人もそこに獣が見えているからそこに罠《わな》を張る、というわけでもないでしょう」

「ああ、待ち構える手もあるのか」

「そうとも言っておりませんよ」

「他人に明かす手の内はないか」

今ここにモノノ怪がいるかどうか薬売りは明言しなかった。近々モノノ怪の脅威にさらされることになるかもしれない。それでも鑑直は内心安堵《あんど》していた。そうであるならば小梅がモノノ怪ではないということだ。

それは鑑直にとって何より嬉《うれ》しいことだ。帆足郷を出て夫婦でこちらにいるのは、小梅を鬼御前と呼び、崇《あが》め奉られることに小梅が参っているのもあった。

「嫌われるのも崇められるのも、どっちも過ぎたるはつらい」

と言う小梅の言葉ももっともだった。

五

故郷である古後郷の人々も小梅に優しいわけではなかった。

「また災厄を連れてきおって」

という陰口も耳に入ってくる。

「小梅は何も悪いことをしていないし、災厄を連れてきてもいない」

鑑直はまっすぐに小梅の目を見て言ってくれる。

「己に力がないことをひがんで小梅のことを悪く言う言葉の何を信じるんだ。お前は俺の妻だし、帆足の誇りだ」

夫の言葉に嘘がないのは痛いほどわかる。ずっと山の中で追いかけあって、その心根のそこまでわかり合った人だ。だがその正しさが嬉しくて、つらい。

「ともかく、島津の軍勢がこちらに迫っているのだから郡を守ることだけを考えよう。俺たちの戦いぶりを見れば何も言わなくなるよ」

そう願いたかったが、強さを見せるほど人の心は離れていく。

「島津との戦が終わったら、一人で山奥で暮らそうかな」

「俺も一緒に行くよ」

「あなたは帆足の若殿さまでしょ」

「小梅と一緒でないといやだ」

そんなことを言われて我がままを通せるような小梅ではなかった。ともかく夫の言う通り、今は島津をどう退けるかを考えなければならない。

玖珠郡に南から入る道は幾筋かあるが、その要所にはそれぞれ砦《とりで》が築かれている。簡素なものではあるが、急峻《きゅうしゅん》な山肌を巧みに利用し、無傷で攻めとることはできない造りなのは小梅もよく知っていた。

「きっと島津が来るのはおそらくここ」

九重連山から玖珠郡につながる街道を指した。玖珠郡は東の由布、南の阿蘇、西の日田《ひた》といずれから攻め込むにしても険しい山道を越えなければならない。玖珠郡が「侍の持ちたる地」たり得たのは、類を見ないほどの天険の地であるからだ。その中でも大軍勢をかろうじて動かせるのは、阿蘇、小国《おぐに》街道を経て南から攻め上るしかない。

「他の道は狭くて険しいから、先頭の一人を倒せば動きを止められる。きっと父上もそこの守りを固めるはず」

「でもそれ、島津も考えているよな」

「他に道はないもの」

島津は奇策を用いてくる、と鑑直は考えていた。

「攻め落とした村々は根切にされているらしい」

それだけならよく耳にする話だったが、奇怪なことに多くの死体は臓腑《ぞうふ》だけを抜かれているという噂だった。奇怪な話は災いを伴ってやってくる。伊地知典元の一件もそうだった。

典元が本当に出奔してきたかどうか、今となっては確かめる術《すべ》もないが、彼がもたらしたモノノ怪《け》のせいもあって、郡内は四分五裂となるところだった。かろうじて繋《つな》ぎとめた形にはなっているが、以前のような結束は望めない。

「それも島津が知らないはずがない」

鑑直は玖珠郡攻略の総大将が新納忠元であることも気になっていた。豊後どころか九州一円に英名を轟《とどろ》かせている名将だ。その戦いぶりは進退自在で柔らかい反面、勝負と見ると守りがいかに堅かろうと我攻めも厭《いと》わない。

「そんなことはわかっとる」

古後摂津守の表情は冴《さ》えなかった。郡内の国衆たちは詫《わ》びを受け入れてくれたため、島津来襲に向けて兵や兵糧を出してくれるようにはなった。だが、その動きは鈍い。

「自業自得とはいえ、このまま薩摩の思う通りにはさせん。甘い誘いも来ているようだが、国衆たちがそれに乗らないことを祈るばかりだ」

甘い誘いに軽々に乗るとどうなるかもよくわかっていた。力弱き者への島津の支配は総じて苛烈《かれつ》だ。

戦場で盾とされ奴隷のように働くのは、異国の地に売りに出されるよりはよほどましだと島津の使者は言いたいようだった。だが、貧しいながらも自由を楽しめるこの山暮らしを捨てる気はさらさらない。父祖がどれほどの思いをしてここを切り拓《ひら》いてきたか知らない者はいない。

「なればこそ、私を敵の主力に当たる九重の砦においてください」

自分の力なら島津相手にも長く戦える。小梅には自信があった。

「それはならん」

すぐに摂津守は拒んだ。

「俺も行きます。数は少ないですが、帆足から来た者たちも共に玖珠郡のために戦う用意があります」

「だからこそお前たちを行かせるわけにいかないのだ」

摂津守は語気をわずかに和らげた。

「お前たちはここに何をしに来た？　孝直に頼まれてここの様子を探りに来るためであろう」

「最早《もはや》その必要はありません。別の仕事が必要です」

「ならば帆足郷へ帰り、次の命を待て」

　これはいけない、と小梅と鑑直は顔を見合わせた。古後摂津守はこれまでの贖罪《しょくざい》の意も含めて自力でここを守るつもりだ。

「九重を抜かれ古後が落ちれば、一蓮托生《いちれんたくしょう》の帆足も無事ではいられません」

「もし古後が落ちれば角牟礼に籠《こも》れ」

「それこそ摂津守さまが郡内の国衆たちを集めてすべきことではありませんか」

「ええいうるさい。ともかくお前たち二人は出さん。いくら手が足りないからと言って、使者に来た娘とその婿を矢面に立たせるなど、ただでさえ落ちたわしの評判の底が抜けてしまうわ」

　摂津守は憤然と席を立ってしまった。

六

島津の軍勢が近づくに連れて郡内の国衆たちの動きもあわただしくなってきた。摂津守は半ばを九重の後詰、半ばを角牟礼城に入れる。角牟礼は古後と帆足の北の山中に位置し、郡の最後の砦ともいえた。

摂津守は礼を尽くして国衆たちに対し、モノノ怪に取り憑《つ》かれていた時とは打って変わってよき棟梁《とうりょう》ぶりを発揮していた。

悪評は風に乗ってあっという間に広がるが、良い評判はじわじわと岩に水が染み込むようにしか広がらない。だが、島津の脅威がその評判が染み込む速度を大幅に速めた。

玖珠郡が戦の手はずを整えたのと時を同じくするように、島津の尖兵《せんぺい》が九重の領域に入ったとの報がもたらされた。

「砦の先にある物見台から旗印が見えるところまできたそうだ」

いくら小梅の五感が常人離れしているといっても、峰の向こうの戦の様子まで詳《つまび》らかにわかるわけではない。数日持ちこたえている間、古後摂津守もできるだけの援軍を出して助けようとした。だが、全身に矢を受けて針山のようになった伝令の兵が将領たちの前で息絶えるのを見て、小梅の怒りは爆発した。

「このまま見殺しにするなら、もはや父上には誰もついてこないでしょう」

「しかしお前たちを戦いの場に出せばわしの面目が立たぬ……」

「その面目も皆が生きていればこそ立つのです」

小梅はそのような父のために戦う気はない、とまで言った。

「お、思い切ったことを言うようになったな」

「家を出ましたから」

摂津守は一度瞑目《めいもく》し、そして意を決したように立ち上がった。

「では小梅は一隊を率いて九重砦を助けに向かえ」

「一隊は必要ありません。私と夫で向かいます」

「たった二人でか」

「道は狭く、私の動きについてこられる者は少ない。人数がいてはかえって足手まといになります。私の助けなら夫がいれば十分です」

「しかし……さすがにそうもいかん。わしの近習《きんじゅう》を連れていけ」

なおも不安そうな摂津守に向かって鑑直は頷《うなず》いて見せた。

小梅と戦うことについては全く不安を感じない。ただ、砦《とりで》に向かう一行の中に薬売りの姿を見た時には、さすがに不安を覚えた。

「どうしてついてくるのだ」

「私が向かうのはモノノ怪のいるところ」

「島津の大軍が相手だ。危ないぞ」

「ただモノノ怪さえ斬れれば、それで構いません」

小梅は夫の心配をよそに、薬売りは気にしなくていい、ととりなした。

「私たちは人相手に戦うことはできるけど、モノノ怪相手では歯が立たない。この薬売りがいればモノノ怪の相手をしてくれる。それだけでも心強いじゃない？」

その時不意に、小梅が鑑直と薬売りの体を摑《つか》んで地面に押し倒した。

ちゅん、と嫌な音がして目の前の木の肌が飛び散る。気づくと摂津守がつけてくれた馬廻衆が二人、倒れ伏している。

「鉄砲だ！」

鉛玉が飛んできたことに気がつくや否や、鑑直はすぐさま弾の飛んできた方に向かって矢を立て続けに放った。その矢を追い抜く勢いで跳躍した小梅が、樹上にいた狙撃手を殴り飛ばしていた。

小梅の拳《こぶし》は敵の顔を確かに砕いたはずだった。だが命を刈り取られたはずの肉体が起き上がろうとしている。そして取り落とした銃を持ち上げ、背中を向けて次の敵を探っている小梅に狙いを定めた。

「くそ、また妙な霧にやられてるのか！」

はじめ呆気《あつけ》に取られていた鑑直であったがすぐ我に返り、短弓を構えて矢を放つ。矢は確かに男ののど元を射貫《いぬ》いたのにまだ動きを止めない。小梅は異様な気配を察知すると振り返り、一気に間合いを詰めると胸元辺りに蹴《け》りを放つ。まっすぐに飛んで谷から転げ落ちたのを確かめると、長筒を膝《ひざ》でへし折った。

「何だ今のは……」

小梅の顔が青ざめているのを見て、

「大丈夫か？　怖かったよな」

「怖くはない。でも……」

気配が摑めなかったという。

「山にいる者で気配が摑めない者などいな……いた」

ほんの少し前に、苦しめられた人とも獣とも違う。

「あれはモノノ怪《け》ではない」

もう一人いた。薬売りの気配もやはり摑めなかった。この男は人の形はしているがモノノ怪を倒す際には異形の戦士に変化する。

「既に生きていないのだから、生ける気配を察知する力では触れられない」

「ちょっと待て。生きていないって……」

「命を失った肉の塊を操る術、屍人還《しびとがえ》り。車の轂《こしき》に入道の首がつき、目にした者の魂を奪う」

鑑直の視界に浮かび上がった柄頭《つかがしら》の神獣がかちん、と歯を鳴らした。

「これは輪入道《わにゅうどう》だ」

「私が谷底に落としたら形がわからなくなるんじゃ」

「その心配は不要だ。あの者は命を失った体をただ操られていただけ」

「許せない」

小梅の顔が怒りに紅潮していく。

「モノノ怪は人の情念や怨念《おんねん》に巣くってきた。まっすぐな怒りでは飲み込まれる」

「じゃあどうすれば？」

「……くれぐれも虚《うつろ》にならぬよう。モノノ怪は近い」

薬売りはそう言うと、すうと山道を先に進んでいく。追おうとしても気配がどちらに流れたかすら読み取れない。

「俺たちの相手はモノノ怪じゃない。砦へ急ごう。この調子では囲まれるのも近いはずだ」

鑑直は自らに言い聞かせるように言った。

七

九州を北上するには険しい山や谷を越えなければならない。島津の男たちは幼い頃から戦で命を捨てることを厭《いと》わぬ心身を鍛えられる。死をも恐れぬ勇者たちは時に人の心を失った悪鬼となって敵を蹂躙《じゅうりん》するが、一方で敵も必死の反撃を試みる。その勢力が広がり、戦が大きくなるほど死傷者も増えていった。

「不死身の軍勢が欲しいものだのう」

慈円は主君の嘆息に栄達の種を見出《みいだ》した。

「私の術におすがりなさいませ」

主君島津公の期待に満ちた目つきに、慈円の全身は快楽に震えた。

「効験あらたかな術で殿をお守りするためには、殿のお力添えが必要です」

「勝利を得るために必要なものは何なりと与えよう」

そう約束したはずなのに、新納忠元の言葉にうかうかと乗ってその心底を確かめようとする。ならば確たる力を見せつけてやるばかりだ。

僧衣の下、あばらの辺りに触れる。「師」と出会って間もなく、人の顔に似た痣《あざ》ができはじめた。鬼道と自ら名づけた術を深める度、また寝込むほどに力を使い果たす度にその輪郭は明らかになっていく。

「化け物よ、わしにとりつけ。その力をわしによこせ」

痣を撫《な》でながら願う。

「お前の望むものは何でもくれてやる。全てを手にする力を早く授けるのだぞ」

肌の上に帷子《かたびら》を着こみ、鉢金の上に頭巾《ずきん》を巻く。金の払子《ほっす》を手にして陣頭に立つと、数十人ほどの兵がつき従った。旗印は車輪に鬼面をあしらったおどろおどろしいものだ。

「驚かせてやれ。怯《おび》えさせてやるのだ」

慈円の言葉に応じる者はいない。寺の僧たちに武芸のたしなみはなく、兵法に通じている者もいない。だが、無敵の兵を率いている。

陣太鼓が鳴り、慈円の隊は山道を静かに、そして次第に足を速めて駆けあがっていく。当然砦の兵も気づいて、矢や鉄砲で迎え撃ってくる。一人、また一人と倒れていくが、すぐさま立ち上がって進み続ける。腕を飛ばされようと胸を射貫かれようと、急坂を登り切った兵たちはやがて石垣を乗り越え始めた。

刀槍《とうそう》のぶつかりあう音の後に悲鳴と絶叫が続き、やがて静かになった。石垣の上に旗印が立ち並ぶが、そこに勝利の鬨《とき》の声はない。別の砦では新納忠元の本隊がやたらと強い女武者にあたり、大損害を出したとの報がもたらされた。

評定の場で慈円は得意満面であった。島津四天王の一人が一敗地にまみれている時に、砦一つを一日かけずに攻め落とした。将兵たちが彼を見る目に尊崇の念がやどり、その力を我らに授けて欲しいとひそかに願い出る者も現れた。

ただ、不愉快なことに新納忠元は砦の攻略をしくじった癖に傲然《ごうぜん》と胸を反らせて本陣の床几《しょうぎ》に腰を下ろしている。もはやそこは忠元の席ではなく、自分に譲るべきだと口に出しかけたが、その威令はまだ全軍に行き届いている。

「こちらをご覧ください」

慈円は砦に籠《とりで》《こも》っていた二百人ほどのうち、半数を捕らえた。どれも山で鍛えた屈強な男たちで、異国の商人に売ればいい値がつきそうだった。

「喜ぶにはまだ早い」

忠元は重々しく言ったが、慈円はこれまでのようにかしこまりはしなかった。

「戦に勝敗があるように、運にも上下があります。此度《こたび》の玖珠郡攻め、どうやらわしに運があるようです。この捕虜たちは新納さまに差し上げます。どうか次の戦もわしに先鋒《せんぽう》をお任せ下さらぬか」

だが忠元はじっと慈円を見据えたまましばらく口を開かなかった。

「俘虜《ふりょ》の扱いにまで口を出すとは、いつからそんなに偉くなった」

色のない瞳《ひとみ》を慈円は受け止めきれない。

「口を出しているわけではありません。こ奴らには有用な使い道があると申し上げたいのです」

「それならもう考えてある」

忠元の派した軍勢が砦を落とせなかった理由。それは砦にいた恐ろしく強い女武者ほぼ一人に兵の半ばを失ったからだった。

「女武者一人討ち果たせないのですか」

玖珠郡に鬼御前とあだ名される女傑がいることは、すでに島津軍にも伝え聞こえている。「まさか本当にそんな者がいるとは思っていなかったがな。あともう一つ俘虜から聞いてわかったことがある」

「ほう、何です？」

「性根が優しく、玖珠郡から寝返った者を手に掛けられなかったそうだ」

慈円は忠元の考えを理解した。

「一度味方となった者には甘い。坊主、お前が捕らえた俘虜をその鬼御前を釣り出すための餌としたい」

何食わぬ顔で頷《うなず》いたが、慈円は興奮していた。己の術を高めるために必要なのは、ただ恐怖と絶望の中で命を失った肉体の器だけではない。そこに満たす特別な力がなければならない。

「捕らえた者たちは上様のもの。勝手に使えるとは思っておりませんが。これだけの人数を餌にするならば、私からも一つお願いがあります。その鬼御前、しばしお貸し願えませぬか」

「捕らえた鬼御前は薩摩に連れ帰るまでの間、お前に預けよう」

慈円は喜びを押し隠し、頭を下げた。

八

九重砦に押し寄せた島津軍を撃退したものの、他の峰にある砦がいくつか落とされたことを知って、小梅と鑑直は落胆するしかなかった。ただ、新納忠元の主力を撃退したことで郡の奥深くまでは侵入を許していない。

「小梅がいることも敵は知ったはずだから、おいそれとは動けないはずだ」

「評判が立つのは嫌だけど、敵の動きは止められるなら仕方ないね」

味方の多くは傷ついていた。もちろん小梅の強さに皆一様に感謝していたが、その目にはどこか恐怖の色もあった。それほど彼女の戦いぶりは凄《すさ》まじかった。

「やり過ぎてるかな……」

小梅はじっと手を見る。人の体はあまりに脆《もろ》い。狭い山道でも大槍《おおやり》を自在に振り回す彼女に近づける者はおらず、矢や鉄砲で狙いを定められる身のこなしではなかった。

「戦になったらやり過ぎもなにもない。相手はこっちを殺しに来てるんだぞ。島津は戦になったら情け容赦ない。小梅が戦ってくれるから何とかもったんだ」

「みんなそう思ってくれるならいいんだけど」

砦の中はしんと静まり返っている。勝利の喝采《かっさい》はなく、傷を負った兵たちのうめき声が山の中に響いていく。多くの味方を助け、それ以上の敵を葬った。討ち果たした死体を見れば、彼我共に変わらない老若の戦士だ。

「敵も葬ってあげたいけど……」

「悪くない心がけだが、それは勝敗がはっきりしてからの方がいい」

敵の死者を葬ることもないことはない。その戦いぶりに敬意を表し、勝ちの運を拾えなかった魂を憐《あわ》れむことは戦場の佳話として耳にもする。だが島津の圧倒的な力の前に圧《お》し潰《つぶ》されかけているところで、敵を弔う余裕はない。

戦場での小梅は強すぎる。

鑑直はその身の安全よりも、それこそ闘神のような戦場での佇まいを心配していた。敵も味方もその姿を見ると身が竦《すく》んでしまう。鑑直は小梅の勇姿を誇らしいと思うし、その強さがあるからこそ何とか砦を守りきれたと安堵《あんど》していた。玖珠郡の人たちもそうであるはずなのに、どこかよそよそしい。

「私のこと、見慣れてるから」

小梅は寂しそうに言った。

「ずっと怖いと思ってるから、皆のために戦っても怖いと思われる」

「じゃあ俺も見慣れたら怖いと思うってこと？　それは違うよ」

だが小梅は幼子のように首を振った。

「もっと多くの敵が来たら、私はもっと戦ってしまう」

「そうなったら俺が代わりに戦う」

「今だって戦ってるでしょ。この砦に助けに来ようと言ったのは私だから……」

小梅は疲れている、と鑑直は感じた。肉体に漲《みなぎ》る力と、壊れそうな心が一つの魂に同居している。鑑直も本格的な戦はこれが初めてだった。目の前で、自分のすぐ傍らで人の体が壊れ、命が消し飛んでいく。恐ろしさと痛みが渦巻く中で自分の心が壊れないのは、より危うい表情を見せる妻が傍にいるからだ。

「一度帆足に帰ろうか？」

「……それは絶対にやっちゃだめ」

「厄介な性分だなぁ」

「私もそう思う」

小梅はようやく笑った。だがその笑みもすぐに消えた。谷向かいの砦が落とされ、百人近くが俘虜となったとの報がもたらされた。玖珠郡側も数人捕らえてはいるが、あまりの差に愕然《がくぜん》とする。

俘虜となった者のほとんどは、この砦で戦っている者の縁者だった。

「助けに行かなければ」

小梅は戦意を奮い立たせていた。だが俘虜は人質であり、うかつに攻め寄せれば殺されるだけだ。その間にも島津は砦の前に着々と陣を築いていく。古後摂津守からは交渉している間は討って出ないよう命じられていた。

「これで島津が引いてくれたらいいのにな」

交渉は数日にわたった。古後摂津守と新納忠元の間で何が話し合われているのかはわからない。俘虜をどう扱うか、兵を進めた地で島津が何をしているか、知らない者はいない。

そのまま元いた地で島津に従えばよい、となればましな方で、異国に売られるか奴《ぬ》婢《ひ》となって牛馬と同じ扱いとされる。人のまま生かして返してほしければ、恐ろしいほどの代価を求めてくることもまた、よく知られていた。

守る側も交渉が行われている数日で鏃《やじり》や鉛弾を作れるだけ作り、戦の中で傷んだ城壁や矢倉の補修に懸命に取り組んだ。城兵と小梅の間にはどこか壁があったが、双方口には出さずただ働いていた。

そして古後からは、摂津守自らが数人の近侍だけを伴ってやってきた。そして小梅の顔を見るとわずかに目を逸《そ》らしたが、すぐにぐっとくちびるを結んで交渉の結果を二人に告げた。

「島津が求めるのは小梅の身柄ただ一人だ。もしお前が人質として島津側に引き渡されるのであれば俘虜《ふりょ》を全て返し、軍を引くと言っている」

鑑直は驚いて詰め寄った。

「摂津守さまはそんな申し出を受けたのですか」

「まだ返書は送っていない。ことはわしの独断で決めて良いことではないと思い、直接小梅の存念を聞こうと来たのだ」

ずるいことをする、と鑑直は激昂《げっこう》しそうになった。故郷と一族を何よりも大切に想っている彼女が、俘虜百人と引き換えに敵陣に降《くだ》るという話を断るはずがない。横目で見ると、小梅の表情は先ほどの憂鬱《ゆううつ》が消え、輝きを放っていた。

「おい、小梅……」

「大丈夫」

じっと父を見つめたまま、手で夫の制止を遮っている。古後摂津守は鑑直には視線を合わせず、ただ申し訳ないと小さく言って頭を下げた。そのまま鑑直には謝り続けて砦《とりで》の奥へと引っ込んでいく。

「人の妻を敵陣に送り込む話をするなら、せめて堂々と話して欲しいな」

「ごめん。肝の小さなところがある父だから」

その肝の小ささが消えて野放図になると何が起こるかは、先だっての煙々羅の一件で郡中が思い知らされた。

「でもあの肝の小ささも芝居だったりするからね」

「娘にはお見通しだな」

「わかってもどうにもならないことばかりだったけど。ともかく、私は島津の陣に皆を迎えに行くから、帰ってくるまで待っててほしい」

「帰らない覚悟が顔に出てる妻を、はいそうですかと見送れるか？」

途端に小梅の瞳《ひとみ》が潤んだ。

「俺に一計がある」

小梅に耳打ちすると、表情をぱっと輝かせて頷《うなず》いた。

九

「それで、どうして薬売りもついてくるんだ」

小梅は大きな檻車《かんしゃ》に入れられていた。敬意をもって接するべきだ、と鑑直は猛抗議したが、島津は俘虜を戻すまでだけだと押し切った。古後摂津守もまとまりかけた交渉が決裂するのを恐れて受け入れた。

「腹が立つ」

鑑直は憤懣《ふんまん》やるかたなかったが、一方で安堵もしていた。身分を隠し、従者として従うことを許されたからだ。だから余計に、従者の一行に薬売りがついてくるのが気になる。

「我の在るところモノノ怪《け》あり、なんだろ？」

薬売りは答えず淡々と歩を進めている。島津の陣内に入ると、その周囲は色とりどりの甲冑《かっちゅう》に身を包んだ武者がぐるりと取り囲んでいた。その数は数百を超え、みな揃いの大槍《おおやり》を携えている。

兜《かぶと》の緒を一つとっても、上等で頑丈なのが一目で見て取れる。質素な山暮らしでは決して目にすることのない、輝くような丹塗《に》りの槍の柄を持つ大力の士たちは、立っているだけで周囲を圧するような武威を放っていた。

本陣の幔幕《まんまく》の前には総大将新納忠元が床几《しょうぎ》に腰を下ろし、腕を組んで小梅たちが連れてこられるのを待っている。鑑直がその姿を見るのは初めてで、その体軀《たいく》の小ささと全身からほとばしる威厳に驚く。

「客人に檻《おり》はふさわしくない」

忠元がまずそう口を開いた。島津の求めで檻車に入れたくせに、と鑑直は腹を立てるが、小梅は檻車から降りると忠元に向かって目礼した。それに頷いて応じた忠元は、俘虜たちの縛《いまし》めも解くよう命じた。

だが、俘虜になったことが兵たちの心を閉ざしてしまったのか、よく知っているはずの小梅を見ても表情を動かさず、みな一様に俯《うつむ》いて足取りも重い。

「でも良かった。討ち死にしたと聞いていた人たちも生きてる」

小梅は自らを励ますように言う。新納忠元が左右の者に命じると、俘虜となっていた玖珠郡《こおり》衆《しゅう》は黙然と俯いたまま陣を出ていった。鑑直はその様子が変だとは思ったが、激戦の後で敵に捕まるのは心を苛《さいな》むことだったのだろう、と考えた。

「小梅どの、と申したな」

忠元の口調は丁寧だった。

「帆足家に嫁いだと聞いていたが、なぜ九重の砦まで出張ってきた」

「故郷の危機を座視できませんでした」

「帆足も人数を出すゆとりはないはずだ。玖珠郡も含めて、島津に従っておけばただでさえ数少ない人手を減らすこともなかったろうに」

これまで四方にいた武者たちが姿を消している。だがそれでも、この小柄な総大将から感じる威厳は微塵《みじん》も減じない。

「どうだ、帆足郷は古後郷とはつい先ごろまで争っていたと聞く。小梅どのが嫁いだことで良い間柄になったのであろうが、このまま戦に滅びることはなかろう」

調略を仕掛けられている、と鑑直は警戒した。

「我らは勇者を尊ぶ。また信義を重んじる者を尊ぶ。玖珠郡衆にしても小梅どのにしても、我らの尊敬を受けるに十分な忠勇と信義を見せた」

「もし私たちの勇をお褒め下さるならば、島津軍こそ兵をお引き下さい。我らは九州に覇を唱えたいわけでもなく、天下の趨勢《すうせい》に心を配りたいわけでもない。ただ阿蘇を望む九重の山に抱かれ、穏やかに暮らしたいだけです」

鑑直に見せるどこか内気な部分は消え、島津有数の将と互角の気迫で向き合っている。忠元の威厳に圧倒されていた鑑直もぐっと腹に力をこめて背筋を伸ばした。

「古後家とて大友の庇護《ひご》のもと静謐《せいひつ》を得ていたのだろう？　それは島津のもとでも変わらぬ。大友は累代暗君が続き、天子の座を争う英傑の下に膝《ひざ》をついて臣従を乞《こ》う始末。豊州の国衆たちは新たに天子となった者に都合のよいように使われるであろう。

同じ九州に暮らす者同士、手を取り合って富貴を目指すべきではないか」

「捕らえた人々を異国に売るような方々とは思えぬお言葉ですね」

小梅の言葉に辛辣《しんらつ》さが混じったが、忠元は怒る気配も見せなかった。

「わしが貴殿らの取次ぎを務めよう。誰一人として異国に売られることはないし、奴《ぬ》婢《ひ》として使役されることもない」

「おわかりいただけないようなのではっきり申しましょう。我らだけが許されたいのではなく、そのように苛烈《かれつ》なことをなさる家に従う気はない、ということです。大友家は我らに援軍を下さるわけではないが、力で脅してくることもない。どちらに従うか、心は決まっております」

忠元は大きくため息をついた。

「強いだけで聡《さと》くはないか」

「義を通さぬことを聡いと仰《おっしゃ》るなら、私は愚かで結構です」

しばらくにらみ合いのような形になったが、わかった、と忠元は諦《あきら》めたように両手を上げた。だがその手を下げ、忍耐強く座りなおした。

「明日、もう一度話そう。それが最後だ」

小梅と鑑直たちは廃寺の一隅を宿所と与えられ、四方には見張りの兵が立った。夜になっても篝火《かがりび》が消されることはなく、警戒の目が注がれていることを感じる。

「別に逃げも隠れもしないのにね」

小梅が本気を出せばこの程度の警護を破ることはたやすい。だがたやすければばして良いというものではない。俘虜《ふりよ》百人の身柄と引きかえに小梅が島津に降ることは双方の約束だ。いかに島津が虎狼のように猛々《たけだけ》しくとも、玖珠郡に義がなくなることはできない。

「少し眠っておいた方がいい」

小梅は頷いて横たわると、両手を広げた。

「ばか、敵陣だぞ」

鑑直は照れて背中を向けた。だが、すぐに向き直って背中に手を回す。大きく柔らかな体が微《かす》かに震えていた。新納忠元ほどの将と堂々やり合うことが妻にとってどれほどのことか、気遣いを忘れていた己を恥じた。

「ねえ、もし私が正気を失ったら」

「急に何を……」

「聞いて。正気を失ったら私を殺して欲しい」

鑑直がゆっくりと背中を叩《たた》くと、やがて小梅は安らかな寝息を立て始めた。ここ数日の激しい戦いと敵の総大将との対峙《たいじ》の中で、無双の肉体はともかくとして精神がかなりすり減っていた。

十

その時、宿となっている寺院の周囲に異様な気配を察した。

鑑直とて小梅ほどではないが山で生まれ育った男である。風一つ変わるだけで異変の源が何かを察知する能力がある。

人の気配かと思ったが、何かがおかしい。小梅を起こさぬようにそっと部屋を出て腰の刀を抜く。中庭にいくつかの影が立ち、しかしその立ち方があまりにも無防備なのがかえって奇妙な感じを抱かせた。

闇の中でも山人の目はよく見えるが、その闇の中に浮かんだ顔を見て鑑直は驚いた。それは玖珠郡で見たことのある若者たちだったからだ。

「もう帰ったのではなかったのか」

だがその問いに答えない。鑑直は新納忠元の前で彼らを見た時の違和感を思い出した。あまりにも生気がなさすぎる。

その手に握られているのは、鑑直と同じく刃の厚い山刀だ。それを見れば、山の男としての力量がわかる。獲物を狩るのとも敵と戦う際とも違う、異様な気配の正体はその生気だった。目は落ちくぼみ、瞳《ひとみ》が開ききっている。くちびるはだらしなく開き、血とも体液ともつかないものが垂れ下がっている。

「これは……」

鑑直が間合いを取ろうとした刹那《せつな》、足元を取られて倒れかける。小梅を守らなければ、と足を掴《つか》む手を薙《な》ぎ払うと、手ごたえなく腕が飛ぶ。数人が飛び掛かってきて鑑直を抑え込んでしまう。

鼻をつく悪臭が死臭だと気づいた時には、四肢が縛り上げられていた。正気に戻れと叫んでも誰も応じない。その縛り方が山で荷をまとめる時のもので、ぐっと胸が詰まる。代わりに障子がばんと開いて小梅が仁王立ちになっている。

「鑑直を放せ」

その声は怒りに震えている。だが、屍人《しびと》たちに捕らえられている夫を見て身動きがとれない。何より、意志なき傀儡《かいらい》となって鑑直を捕らえているのは、幼い頃からよく知っている玖珠郡の若者たちだった。

「放してくれ……」

小梅の声には当惑が混じり始めていた。そんな妻に、鑑直はすぐに逃げろと叫んだ。島津方は最初から小梅を狙っていた。百人の俘虜と交換するほどに欲しがっている。それがその命なのか力なのかはわからない。しかし、鑑直をすぐに殺さず人質にしようとしている時点で、従わせようとしているのは明白だった。

「逃げるんだ！」

言い終わらぬうちに、背後からしなびた手が伸びてきて鑑直の喉笛《のどぶえ》をわしづかみにした。

「叫んだとて無駄よ」

大柄な僧侶《そうりょ》は、新納忠元の本陣にいた慈円法師だった。

「何を……」

言いかけた口を塞《ふさ》がれる。気が遠くなり、全身の力が抜けていくところを、その手に噛《か》みつくことで逃れようとした。だが人の肉を噛んだとは思えぬほどに柔らかく、驚いて口を離すともう元に戻っている。

「大切な器、傷をつけないでくれよ」

慈円と呼ばれていた僧はぬたりと笑う。

「夫を連れて敵陣に来るとは、豪胆を通り越して無謀とも言うべきだな」

小梅の顔色がさっと変わった。

「この者はただの従者だ。用があるなら私が聞く」

「ただの従者？　そうか、そういうことにしておこうかの」

慈円の手が鑑直を撫《な》でまわす。不快というより、人の手とは思えぬほど冷たく、そして薄かった。山にはこんな手をしている者はいない。

「こやつ、器には良さそうだ。山の民の中でも飛びぬけて淳良《じゅんりょう》で頑健、そして……愚かだ」

小梅の動きは封じられている。鑑直ののど元には小さいが鋭く光る刃《やいば》が握られている。それは戦いのためではなく、獣を腑《ふ》分けするための短刀だった。

「こういう若者は器にふさわしい」

ぐわらぐわらと車輪が遠くで回っている。その回転が魂を巻き込み、まき散らされた血潮が轍《わだち》に吸い込まれていく。

「助けたいだろう？　助かりたいだろう？　だが人は弱い。ためらい、絶望する。だができない。何かを助ければ何かを失う。だから導師が必要だ」

慈円の声に車輪の軋《きし》みが加わり始めた。

「強き娘よ。武、強くして心弱き娘よ。今こそ導いてやろう。わしが求める物を捧《ささ》げれば、お前の望むものをやろう」

そして鑑直に擬していた短刀を小梅の足元に投げた。

「器に入れるにふさわしい宝が必要だ」

「宝？」

「心の臓をわしによこせ。どれほど素晴らしい器を作っても、人の魂では弱すぎる。だから鬼の魂がいるのだ」

小梅の表情が凍り付いた。

十一

「せっかく人智を超える力を持ちながら、その力にふさわしい心がなければ宝の持ち腐れだ。宝にはふさわしい持ち主がいる」

小梅は足元の短刀に目を落とした。

「お前の弱さは己のために他人を犠牲にできないことだ。強き者に許されている傲慢《ごうまん》を楽しむことができない。善人も悪人も力の車輪に押しつぶされる。その車輪の上にいるのか下にいるのかで、己の価値は決まるのだ」

車輪の軋みが小梅を包む。震えながら伸ばされる手を、別の白くしなやかな指が押さえた。

「あなたは車輪の上にも下にもいる必要はない」

目を上げるとそこに薬売りがいた。

「真《まこと》を見よ」

「真……」

回り続ける車輪の上に慈円が立ち、ふらふらと危なっかしいのにその顔には傲然《ごうぜん》とした自信が満ちている。力をひたすら求め、他者の命を貪欲《どんよく》に求める餓鬼の顔が車輪の中央に浮かぶ。

「薬売り、邪魔をするな」

車輪が飛んで薬売りを弾《はじ》き飛ばす。

「止まれば倒れる一輪の車。速さを得るには力を要し、その力の源は憐《あわ》れなる僧にとりついたその欲望。他者の力をわがものとせんがため、人の肝を喰《く》らい続ける鬼人の道。それが真」

かちん、と剣の柄《つか》が歯を鳴らす。

「そして……」

寺の四方からぱっと光が上がった。巨大な篝火《かがりび》が闇に覆われると、正門が大きく開く。戦装束に身を包んだ小柄な武者がゆったりと歩を進めてくる。

「その術、誰の命を受けたものか」

新納忠元が厳然と問い糺《ただ》す。

「め、命など受けておりませぬ。これは島津家と新納さまの御ため」

「黙れ。邪教の術は禁じると命じたはずだ。このことは殿に報告しておく」

慈円はその前に跪《ひざまず》いて暫時の猶予を願った。

「これは力を得るのに必要なことなのです、何卒《なにとぞ》お許しを……」

だが新納忠元は背中を向け、門へと歩いていく。慈円はすがろうとするが、やがて先ほど小梅に投げた短刀に目をやる。そこに素早く這《は》っていくと両手で握りしめた。

「いやだ、せっかくここまで走り続けたのに」

車輪の軋みがさらに大きくなり、速度を上げていく。

「得たものを失うことの恐怖。己の無力さへの不信、そして絶望……強さの裏にべったりと貼りついた弱さを振り払うために屍人の盲従に頼り、走り続ける。それこそが理《ことわり》」

かかか、と剣の柄が笑い声のような音を立てる。

「見つけたり」

かちん、とひときわ高い音を立てて柄が牙《きば》を鳴らした。

「何が理か！　わしは何も怖くない。わしこそが最良で最強よ！」

慈円が悲鳴を上げるように叫ぶと巨大な車輪がその頭上に現れる。

「破滅への轍を、いま止めん」

薬売りが眩《まばゆ》い光に包まれる。鮮やかな小袖《こそで》が妖《あや》しき紋様となってそのしなやかな五体に絡みついていく。小さな剣は今や輪入道に伍《ご》する大剣となり、その回転と正面からぶつかり合った。だが屍人の絶望と恐怖の軋みを上げ、火花を散らして暴走する。

「破滅への轍などではない。わしが進むのは天下一の鬼の轍よ！」

止めようとした島津の兵が触れた瞬間に微塵《みじん》と化した。鑑直は小梅を庇《かば》いつつ、新納忠元に逃げるよう叫ぶ。

疾風の速さが二つぶつかり合って容易に勝負はつかない。剣の力が解き放たれたと同時に現れた異形の剣士は、敵の力を真っ向から受け止めて決して下がらない。走るほどに速さを増す車輪は天地に無数の轍を刻み、剣士を轢殺《れきさつ》せんと猛《たけ》り狂う。

剣士は何度も弾き飛ばされ、膝《ひざ》をつきかける。それでもその度に立ち上がり、瞳《ひとみ》に戦意を漲《みなぎ》らせて剣を振るう。回る車と止める刃が嚙《か》み合って、耳を裂くような音が山肌に響き渡った。

「何故……」

鑑直には常に飄然《ひょうぜん》、超然とした薬売りと、モノノ怪《け》と死戦を繰り広げる剣士の姿がうまく重ならない。時に押し、時に押されて戦いは無限に続くかに思われた。

「止まれば倒れる一輪の車……そうか」

車輪を止めるのは正面からぶつかってはだめだ。鑑直が小梅に囁《ささや》くと、彼女は薬売りと並走を始める。そしてその襟髪を摑《つか》むと、輪入道の疾走から数尺離れた側面へと放り投げた。

「止まれ！」

正面からでは薬売りの大剣と五分の力を誇る輪入道の大車輪も、側面からの刃を受け止めることはできない。大剣が輪入道の顔を貫くと、大地が揺れるような絶叫が九重の山々に響いた。

「と、止まらぬ。わしは止まらぬぞ」

もろ肌脱ぎになり、白目を剝《む》いて走り続ける慈円の足元は血に塗《まみ》れている。血の轍を作りながら山に飲み込まれていくさまを見つめる薬売りの姿は、やがて元に戻っていった。

第四話　鬼御前《おにごぜん》

一

風は山によって変わる。谷によっても変わる。そこにある人の営みや、住んでいる獣や鳥たちの種類によっても変わる。鑑直はどの山の風も好きだったが、一つだけ苦手なものがあった。それは死者を弔うための山だ。

人は死ねば山に還《かえ》り、還る山は郷によって定められている。死は神聖であり、同時に忌むべきものだ。従って人里から遠からず、同時に近すぎない山の一隅が死者の眠る場所として定められている。

しかし、こんな酷なことがあろうか。

穴を掘りながら鑑直は怒りと悲しみに涙も出なかった。

新納忠元との約束で俘虜《ふりょ》を解放する代償として、小梅は島津陣へ赴くこととなった。忠元は約束通り俘虜となった百人を玖珠郡に返してはくれたが、そのうちの何人かは陣中にいた僧侶《そうりょ》慈円に屍人とされ、故郷に帰るなり家族や友に襲い掛かることとなった。

モノノ怪、輪入道を薬売りが討ち果たした後、新納忠元は小梅たちも解放してくれたが、それは戦場で必ず討ち果たすという誓いも含まれていた。整然と並んだ大軍勢、貧しい山中では決して目にすることのできない、きらめくような武具と兵器を思い出すだけで鑑直の心は重くなった。

だがその重くなった心も吹き飛ぶような惨禍に玖珠郡は襲われていた。屍人《しびと》となった者たちには敵味方の区別がない。慈円の術の縛りがなくなると同時に周囲に襲い掛かり、瞬く間に数人が犠牲になった。

もともと一族縁者なのだから警戒しろというのも無理な話で、小梅たちが帰り着いた時には十数人の男女が命を落としていた。鑑直はすぐさま古後摂津守のもとに急ぎ、事の経緯を話す。

摂津守は苦渋の表情で討つよう皆に命じても、矢や投げ槍《やり》では簡単には倒れない。屍人を倒すには頭を砕かなければならないが、生前を知る者たちにとってはあまりに酷だった。

「私がやります」

見かねた小梅は帰還した挨拶《あいさつ》もそこそこに、屍人となった者を葬りたいと申し出た。

「しかし、動いているのだぞ。生きている者を葬ることはできまい」

古後摂津守はできることなら穏便にすませたかった。砦《とりで》の攻防に人数を出している国衆たちは、少なからず討ち死にしている。だがまだ前哨戦《ぜんしょうせん》に過ぎず、島津の本隊はこれから襲い掛かってくる。屍人だからといって味方の目の前で頭を砕くことは避けたかった。

「弔い山に連れていき、葬ります。私にしかできません」

「では……いや、しかし弔い山は誰かが死ななければ入ってはならんことに」

「だから、あの人たちはもう死んでるんです。欲にとらわれた坊主の心にモノノ怪《け》が呼応して、ああいうことをさせてしまう」

それでも迷っている古後摂津守に、

「これ以上屍人を増やしたいのですか」

鑑直が叱るように言った。砦の戦を経験し、新納忠元と対峙《たいじ》し、モノノ怪の異様な力を間近に見てしまった後となっては、義理の父の逡巡《しゅんじゅん》など何ほどのこともなかった。

「……わかった」

「摂津守さまは小梅が要らぬ陰口を叩《たた》かれぬよう、守っていただきたいのです」

それだけが気にかかっていた。戦を通じて鑑直が知ったのは、小梅の心の脆《もろ》さだった。ひとたび戦となると無敵の強さを誇るが、本来の優しい心を衝《つ》かれるとあっけなく崩れそうになる。

慈円が輪入道の求めに従って小梅の心臓を奪おうとした際に、鑑直が人質にとられた。すると、彼を助けるためにためらうことなく自ら命を絶とうとした。それが嬉《うれ》しさよりも、彼には恐怖の記憶となって残っていた。

「自分を捨ててはだめだ」

そう諭しても、捨ててなんかない、と繰り返すばかりだ。

玖珠郡の東、由布への途上に大きな草原がある。日出生台と呼ばれる台地は、山の民が求めてやまない平坦《へいたん》で広大な土地を、何とか耕作地にしようと人々が奮闘してきた。山の民は山の恵みを愛してはいるが、郷の栄えを手に入れるためには田畑はどうしても欠かせない。

ただ、田畑を拓《ひら》くには陽光の暖かさと多くの水がいる。日出生台は残念なことに冷たすぎ、乾きすぎていた。

久留米から日田、玖珠を経て由布国東へと通じる街道が通ってはいるものの、日出生自体は寂しいところだ。その寂しさに拍車をかけているのが、この台地を見下ろす場所にある弔い山なのだろう、と鑑直は感じている。

ただ、今日までは良い思い出のある地だった。小梅を追いかけて山野を駆けまわったのも日出生の草原と平和なら人のいない城の周りだった。

くぐもった音と共に、最後の屍人が動きを止める。

「終わったよ」

鑑直と薬売りがかろうじて人の形を留《とど》めている遺体を、墓穴に埋めていく。土をかけて香を手向けると、薬売りはそこに白い花を一輪供えた。

「死者を弔うようなたちには見えなかった」

「私だってお弔いくらいしますよ」

薬売りはモノノ怪を倒すためにいるという。

「お前がいるということは、モノノ怪がまだこのあたりにいるということだな」

頷《うなず》くこともなく、薬売りは街道を西に歩き出した。静まり返った弔い山から帰れば、島津との決戦が待っている。

「薬売りは共に戦ってくれないのか」

モノノ怪と戦う際に見せるあの神がかった力。あれと小梅の力を合わせれば、たとえ六千騎と号する島津の大軍とも互角に渡り合える。砦の攻防戦では何とか守り切ったが、一度退いて諦《あきら》めるような者たちではない。

「私が祓《はら》うのは島津ではなく、モノノ怪です」

弔い山から生臭い風がざっと吹いて、薬売りの衣の裾《すそ》をしばし弄《もてあそ》んだ。

二

古後摂津守ら諸将の方針ははっきりしていた。

「我らは全て角牟礼城に籠《こも》り、島津が退くまで戦う」

形勢が良い、とはとても言えなかった。郡への道は何とか一度守ったが、結局俘虜との交換で小梅が新納陣に向かった際に落とされてしまった。さらには、島津義久の本隊が北上しているとの報がもたらされている。

頼みの大友からは激励の使者こそ来たが、国東で大友に従っていた諸将が寝返り、その始末で玖珠郡を救うどころではないという。

「帆足の衆は日出生台の砦にひそみ、敵の背後を衝いてもらいたい」

日出生は古後郷の盆地から東に数里の距離にあるが、ここに全軍を率いて籠るということは、帆足郷は敵の蹂躙《じゅうりん》に任せるということになる。

「致し方あるまい」

帆足孝直もため息をつきつつ、同意した。だが、小梅がさっと前に進み出て、主力を正面から迎え撃つべきだ、と力強い声を響かせた。

「私が先陣を切ります。五百……いや、百人の勇者がいれば見事島津の本軍を打ち破ってみせます」

皆が甲冑《かっちゅう》姿で、小梅は小袖《こそで》を身に着けているに過ぎない。だが、誰よりも勇ましく凛《りん》としていた。俯《うつむ》きがちだった将領たちのうち数人がそれに賛意を示した。

「角牟礼はこの辺りでは最も大きく守りも堅い城には違いないが、それでも島津の包囲を受ければひとたまりもない。むしろ城を出て玖珠と九重の山を縦横に使い、島津を翻弄《ほんろう》するのが上策ではないか」

「しかしそれでは人死にが多く……」

議論は百出したが、日が暮れても議は決しない。

「こうしてはどうか」

帆足孝直は折衷案を出した。

「我ら帆足の一隊がまず先鋒《せんぽう》に出る。ひと当てすれば敵の強さもわかろうし、その間に備えも万全のものにできよう」

それには古後摂津守も頷き、皆で兵を出そうと提案した。

「帆足衆だけを矢面に立たせるわけにはいかない」

だが、諸将は顔を見合わせて誰一人加勢を出すとは言わなかった。そして一人の国衆が言いづらそうに、

「小梅さまと共に戦いに出て無事に帰ってきたものはおらんのだ」

「戦なのだから当然でしょう」

鑑直はあまりの言い草に呆《あき》れつつ言った。

「当然だから、で家中を死なされてはかなわん。戦には勢いと間があって、それを読むことが勝ちと生を得るのに肝要だ。だが小梅さまの強さと速さはそれらを全て壊してしまうのだ」

一度口火を切ると国衆の男は止まらなかった。

「そりゃあ確かに強い。一矢で数人を貫き、ひと薙《な》ぎで鎧《よろい》武者を両断する。疲れも知らず進退も自在でその戦いぶりはまさに『鬼御前』よ。だがそんな者に誰がついていける？　若い者たちはその武勇に煽《あお》られて深入りして命を落とす。見てはおれんわ」

「戦は生死がつきものだし、その武勇のおかげで多くの命が助かっているのですよ」

「小梅さまの傍らでいつも守ってもらえる者に言われてもな」

鑑直はさすがに顔色を変えた。

「小梅さまはあまりに強すぎる。味方すらその武威の炎で焼け死んでしまうのだ」

摂津守が苦しげな表情を浮かべつつ、とりなすように口を開く。

「人は鍛えれば強くなれる。これは確かだ。だが小梅の強さは人並を超え過ぎている。その力はもはや人と言えるのか。そこに人数を出すのを躊躇《ためら》う気持ちもわかってやってくれ」

反論しようとする鑑直の手を小梅はぐっと握った。痛いが、力の加減はされている。こうして守られてきたのだと思うと、摂津守にこれ以上言い返すこともできなくなった。言いようのない重い空気のまま軍議は終わり、結局は帆足衆が前に出て敵の勢いを探り、本隊は角牟礼とその周辺に陣を敷いて戦況を見守る、ということになった。

「これで良かったんじゃないか」

鑑直は小梅を励まして言った。小梅が強すぎるのはわかりきったことだ。その強さを新納忠元が警戒し、島津の軍勢の動きが慎重になっているのだから、小梅が先鋒にいることは悪くない。

「大丈夫。今度は俺が守るから」

いつも守られてばかりだ。だから古後摂津守にあのように侮られる。

「守らなくていい。私が守る。鑑直だけじゃなくて、皆を守る」

小梅は言うとぎゅっとくちびるを噛《か》んだ。

「また言われるだろ」

「好きに言わせておけばいいもの」

そうは思っていないことくらい、鑑直にはお見通しだった。

「もしかして小梅は俺が戦えないとでも思ってる？」

「思ってない」

悪気なく思っているのだ。島津との合戦で、鑑直も懸命に戦っている。鎧武者も何人も討ち取った。いずれも強敵だったし、気を抜けば一撃でこちらの命を消し飛ばす武芸の持ち主だったが、幼い頃から山で鍛え、何年も小梅と追いかけっこをしていた鑑直の敵ではなかった。それでも、小梅に守らなければと思わせている。それが情けない。

「今度は相手も本気を出してくるから、私が頑張らないと」

「これまでが本気じゃなかったのかよ」

うんざりと妻の膝《ひざ》に頭を置いた。どっしりとして硬さの中に柔らかさがあり、それだけで安らぐ。

「島津の君主が来ることで新納忠元の血相も変わってるはず。あの誇り高い男が一度退けられて、主君から預かった術僧も失った。モノノ怪《け》のせいにするような男じゃないだろう」

鑑直の予期していた通り、主君の援軍を迎えた新納忠元の攻勢はすさまじかった。瞬く間に九重の諸城を粉砕し、古後の盆地を見下ろす峰の全てに島津の旗印が無数にはためいている。砦《とりで》や狼煙《のろし》場がいくつもあったはずだが、その全てが敵の手中に落ちている。

「無理せず退こうな」

鑑直は言った。

「怖い？」

「臆《おく》しているように見えるか？」

「そうじゃないけど」

「山人の戦い方は小梅も知ってるだろ？」

平原や城塞《じょうさい》での正面からのぶつかり合いばかりが戦ではない。山の戦の勝敗は兵の多寡が決めるのではない。いかに山に味方になってもらうか、だ。

鑑直は三方を囲みつつある島津が山のどの道をたどるかを考えていた。玖珠郡《こおり》衆《しゅう》の全てが守るために命を懸けているわけではない。生き延びるために島津に降《くだ》った玖珠郡衆もいる。

「島津に臆している者はもうあの旗の下にいる」

「そうだよね。でも……」

　小梅が心配しているのは敵と戦うことではない。つい昨日まで顔を合わせて言葉を交わし、共に戦っていた仲間が刃《やいば》を向けてくる。小梅がもっとも苦手とする相手は百人力の豪傑でも大砲でもなく、情を持った相手だ。

「こちらを殺そうとしているなら、相手はもう仲間だと思っていないんだ」

　鑑直は言い聞かせるように言った。親兄弟ですら争いとなれば殺し合う。そんなことは玖珠郡の中ですらよく聞く話だった。

「でも、私にはできない……」

　屍人《しびと》となった人々を弔い山で葬れたのは、彼らの魂がその肉体にないからと何とか自分を納得させたのだろう。それでもその後数日、食事の後に吐いていたのを鑑直は見ている。慈円という僧侶《そうりょ》は既に小梅の弱点を見抜いている節があった。

「新納忠元に伝えられていなければいいが……」

　という危惧《きぐ》があったからこそ、鑑直はまず自分が前に立たなければならないと考えていた。帆足衆の中でも、小梅の強さには憧《あこが》れと恐れが向けられていた。

「互いの想いと気遣いがやがて歪《いびつ》にねじ曲がっていく」

迎え撃つ陣を張っていると、薬売りがいつしか一行に加わっていた。

三

「ここにいると危ないって言ったろ」

薬売りの気配はいつもと変わらない。美しい顔に表情は時折浮かぶが、その気配が上下することはない。モノノ怪と対峙《たいじ》した時以外は、何も動かない。

「人の争いが私の脅威になることはありません」

「大した自信だ。小梅にも分けて欲しいよ」

「己を信じる心を他者が与えることはできないですよ」

そうだろうか。鑑直は小梅と出会ってからのことを思い出していた。帆足の跡継ぎとして何にも自信の持てなかった自分が小梅と出会って恋をし、妻に迎えることで、ここまで戦えるようになれた。

「それは与えられたものではありません。自ら得たものです」

「たとえ自ら得たのだとしても、小梅がいなければ自ら得ることもなかった。郡の人たちだって小梅がいたからこそ島津とも互角にやり合えているのに」

薬売りが不意に足を止めた。

「どうした？」

その横顔を見て鑑直はぞっとした。くちびるの端が見たことのないほどに大きく吊《つ》り上がっている。

「……何がおかしい？」

「いえ、私がこの退魔の剣を抜けるようになるのも存外早そうだと嬉《うれ》しくなりましてね」

腹は立つが、今はモノノ怪より島津だ、と鑑直は思い直す。

古後郷のある盆地の中央、ちょうど小高い丘になっているあたりに古後摂津守の館がある。城郭の態《てい》はなしていないが、それでも掘割があって逆茂木を立てさえすればある程度は守れそうだった。

「こんなことなら摂津守が煙の化け物でおかしくなった頭で城郭を建てるまで待っていればよかったたな」

「島津はそこまで待ってくれないですよ」

振り向くと父が立っていた。

「日出生城に籠《こも》られたのではないのですか」

「やはり順序が違うのではないかと思ってな。一番の切所をお前たちに任せて当主が後ろに引っ込んでいるわけにはいかん。それに……」

父は声を潜めた。

「俺がいた方が陰口を叩《たた》くやつが減る」

「ご存じだったのですね」

「聞こえるように言うやつもいるからな」

「陰口と言えば……」

鑑直はしばらく躊躇《ためら》った後に思い切って訊《たず》ねてみた。

「父上はどう思われます？　小梅が本当に鬼だと思いますか」

「俺にとってはどうでもいいことだ。あの子は古後家から正しく嫁に来てくれているし、仲良くやってくれている。俺を本当の父のごとく敬ってくれているし、何より体を張って戦ってくれている。鬼などと思ったことはない」

ただ、と孝直は表情を引き締めた。

「もし小梅の奥底に鬼が眠っているのだとしても、それを目覚めさせてはならん」

「やはり鬼だとお思いですか」

もっとも小梅を認めてくれているように思える父ですらそうなのか、と鑑直は落胆した。

「お前も代を継げばわかると思うが」

孝直は静かに言った。

「物事が悪しき方に転んだ時のことを常に頭に置いておかなければ『侍の持ちたる地』を保つことはできんのだ」

父の言うことももっともだと理解はしていた。だが納得はできない。

「お前たちが良い夫婦なのはよくわかっている。もちろん小梅が鬼などではないに越したことはない。ただ、もしその鬼が目覚めてしまえば、どれほど戦で功を立てようと郷にはいられなくなる。そのことは憶《おぼ》えておけ」

孝直は悄然《しょうぜん》とする息子の肩を一つ叩くと、逆茂木を立てる兵たちに交じって手伝い始めた。敵陣にまだ動きはなく、今日は無事に終わりそうだ、と屋敷の中へと戻り、夕餉《ゆうげ》にしようと妻を呼んだ。

四

屋根の上に、影が一つ座り込んでいる。この辺りでは珍しい堅牢《けんろう》な瓦葺《かわらぶ》きの屋根は、火矢への備えだ。そこに映る影が日暮れと共に薄くなっていく。このまま消えてしまいたい、という弱気と郡を取り囲んでいる敵を皆殺しにしてやるという強気が星の瞬きのように明滅する。

「薬売りには私がモノノ怪《け》に見えているのでしょう」

影が消えたあたりに、別の影が立った。

「いまだ形《かたち》を得ず」

「牛鬼や煙々羅を燻《いぶ》り出したみたいに、鬼も引っ張り出せばいい。そうしてから私が討ち死にすれば、モノノ怪も死ぬんじゃないの？」

「私が祓《はら》わぬ限り、滅することはありません」

小梅は両手を天に突き上げ、そのまま屋根の上に横たわった。

「鬼を滅ぼしたいですか」

じっと見下ろしてくる薬売りの目には琥珀《こはく》の輝きがあって美しい。しかし、鑑直の瞳《ひとみ》とは違う。この男の瞳はどこか虚《うつ》ろで冷たい。

「滅ぼしたい。いなくなってほしい」

「一つ方法があります。私がモノノ怪を祓った際のことを目にしていますね」

「形、真《まこと》、理《ことわり》……」

『形』とは、モノノ怪の姿。

『真』とは、事のありよう。

『理』とは、心のありよう。


「私にはわからない」

「わからないのは、内なるモノノ怪から目を背けているからですよ。その形と真と理を見ようとしていない。向き合っていない。だからわからないのです」

「……どうしろと？」

「解き放つのです」

解き放つ……モノノ怪と戦う際に、薬売りはこの言葉を口にしていた。封じられていた力を解き放った薬売りは、小梅の武勇でも歯が立たぬモノノ怪と互角以上に渡り合い、そして斬り伏せていた。

「解き放てば、私は斬られるのか？」

「斬るのはモノノ怪のみです。あなたがモノノ怪と一体ならば、斬りましょう」

「私は……死にたくない。鑑直と共にいたい。常人と異なっていては、人と共にいてはいけないのか？　モノノ怪は必ず斬られなければならないのか？」

本人の前では決して口にしない言葉と共に涙が溢《あふ》れ出た。この薬売りを殺してしまおうか、と一瞬頭をよぎった。自分の中にモノノ怪がいるならば、それを滅ぼそうとする者を消してしまえば……。

それはあまりに短慮だ、と小梅は己を叱った。薬売りのおかげで父は旧友と和解し、妹は野心をもって近づいてきた男と決別することができた。屍人《しびと》の術に危うく取り込まれずにすんだのもこの男あってこそだ。

「その逡巡《しゅんじゅん》、鬼となれば捨てることができますよ」

「まるで私にモノノ怪となって欲しいみたい。それはそうだよね。モノノ怪が出てくれば斬ることができるもの」

「出てきただけでは斬れないのですよ。真と理が明らかにならないと。ただ一つ言えるのは、あなたが「鬼」として力をふるえばこの戦を終わらせることができる、ということです」

戦が終わる……。そうすればもう誰も死ななくてすむ。だが自分が「鬼」の姿をさらして故郷の人々とも夫とも一緒に暮らせなくなる。

「私はどうすれば」

と答えを求めても薬売りの気配は微動だにすることはなかった。

五

夜明けと共に陣太鼓が聞こえてきた。鳥の声がぴたりと止み、静かで重い太鼓の音が遠くから聞こえている、盆地を囲む山に響き、いくつもの太鼓が轟《とどろ》いているようにも聞こえる。

「備えは整っているか」

帆足孝直は皆の表情を確かめた。具足姿の士分の者ですら、その具足が無傷の者はいない。孝直のそれも、鏃《やじり》と槍《やり》、銃弾の痕《あと》でぼろぼろだ。ただ一人、小梅の具足だけがほとんど無傷で、脛当《すねあて》のあたりにわずかに汚れがある程度だった。

「島津は郡に入るまで苦しい戦を続けてきた。この屋敷はやつらにとって恰好《かっこう》の獲物だ。これまでの鬱憤《うっぷん》を晴らそうと猛然と襲い掛かってくるだろう。だが」

孝直はにやりと笑った。

「狩りで気が逸《はや》るのは命取りだ」

一同も顔を見合わせて笑う。気の逸った狩人《かりゅうど》は足元がおろそかになる。山には愚かな狩人の命を奪う罠《わな》が無数にあるのだ。

「そして彼らが狙っているのは」

小梅に目を向ける。

「敵が大物を狙っている間に足を引っ掛けてやれ」

孝直は一同に策を授け、皆互いに目礼を交わして屋敷を出ていく。そして小梅に向き直り、

「この戦、小梅は旗印を立ててここにいよ」

と命じた。

「何故ですか。私も戦います」

「鑑直、お前は小梅の傍にいてやってくれ」

黙って頭を下げる息子の肩に手を置くと、孝直も屋敷を出ていく。

「どういう策で戦うの？　私はどうすればいい？」

「父上が仰《おっしゃ》っていた通りだ。小梅がここにいるとわかれば、新納忠元は必ず狙いに来る。小梅を討つか捕らえないことには玖珠郡は落とせない」

「だったらなおさら戦う」

「小梅も俺たちも山で生まれ育った。やつらは山に入ってこようというのだから、そ

の流儀で迎えてやらないとな」

「……わかった」

小梅は不服だったが、夫と義父の気遣いを感じて従うこととした。だが、もし劣勢になったら大長刀《なぎなた》をふるって暴れ回る決意を固める。

やがて陣太鼓の音が重くゆっくりしたものから、急に乱れ打ちに変わった。鑑直と小梅は屋根に駆け登る。陣太鼓の音をかき消すような地響きと喊声《かんせい》が風に乗って流れていた。正面からぶつかってよい数と勢いではない。

小梅が手を出すと鑑直はさっと旗印を渡した。屋敷の門は小さいながら矢倉になっている。その上に立った小梅は大きく旗を振る。それと同時に、鑑直は思いっきり貝を吹きならした。

「敵は皆こっちを向いた！」

それを聞くと鑑直は貝の音をひと際高くした。空気を震わせて貝の音が鋭く響く。すると、まっすぐに屋敷に向かっていた島津の先鋒《せんぽう》の一角が不意に崩れた。銃声は聞こえない。

先頭の数人が倒れて前進が遅くなる。すると立て続けに矢が急所に突き立ってばたばたと倒れていく。そこに山刀を抜いた一団が襲い掛かり、敵が態勢を立て直すとすぐさま木立の陰へと消える。

奇襲は二度、三度と成功したが島津はすぐに立て直してくる。矢が飛んでくればすぐさまそちらに銃火が集中して沈黙させる。

「くそ……！」

出ようとする小梅を鑑直は懸命に止めた。

「それこそ相手の思うつぼだ」

「だったらそのつぼごと壊してやる」

島津の戦い方は見事だった。乱戦となる中で隊の進退を自在に命じ、奇襲をかけた帆足衆が逆に囲まれて討たれてしまう。一人で数人分戦ったとしても、数で数十倍の島津方に押されるのは致し方のないことだった。

鑑直は父たちがただ死ぬために戦っているわけではないとわかっていた。それでも、戦の中で倒れていく仲間たちを見て冷静でいられるわけではない。ただ、小梅をできるだけ戦わせたくないという一念が正気を保たせていた。

その時、一隊が囲まれた。そこに孝直もいるのを見て鑑直の制止が弱まる。気が付いた時には小梅は既に跳躍して門外の坂道を駆け下りていた。

待て、という声が届くより先に小梅の大長刀が陽光に閃《ひらめ》く。その時確かに、鑑直の耳にあの咆哮《ほうこう》が聞こえた。人でも獣でも、そして谷を渡る風でもない。

峰々に響き渡るその咆哮が山と大地を揺らし、山肌から立ち上る濛気《もうき》が小梅の上で一つの形をとる。それは五体を持ち、金剛力士の筋骨を伴い始めた。だが身にまとうのは仏法を守る慈悲ではなく、血に飢えた獣のどう猛さだ。禍々《まがまが》しい気配はやがて小梅を雲のように覆い、一つとなっていく。

「あれが、鬼……」

羽織の裾《すそ》は風にはためいているわけではなく、周囲の景色が歪《ゆが》んで揺らいでいる。それは炎をまとっているように見え、実際その炎は近づく敵を全て熱と刃《やいば》の暴風の中に包み、灰燼《かいじん》へと変えていた。

これまでも無類の武勇を見せていた小梅であったが、明らかに様子が違う。咆哮が四方の山から聞こえる。山が鬼となった小梅に共鳴している。見せてはいけない。知らしめてはならない。狩る者がやってくる……。鑑直は怖かった。妻はモノノ怪《け》などではない。近しい人を愛する優しい心を持つ、ごく普通の女だ。だがその願いは届かない。山でも郷でも決して感じることのない異人の気配が再び現れた。

「あらゆる武、あらゆる勇、それを身に蔵して敵となった者を殲滅《せんめつ》せんとする。その想いこそがモノノ怪、鬼の形を成した……」

戦塵《せんじん》の中、かちん、と乾いた音が鳴る。

孝直たち帆足衆を囲んでいた百人ほどの一隊のほとんどが倒れている。その死体は砕かれ、折られ、燃やされていた。生き残った帆足衆は歓喜の声を上げることもせず、ただ呆然《ぼうぜん》と救い主を見上げている。

「小梅、戻るんだ！」

鑑直の声にはっと目を見開く。血に濡《ぬ》れた大長刀を振りかぶり、夫を睨《にら》みつける。だが血走ったその瞳《ひとみ》からは涙がぽたぽたとこぼれ、それ以上は動けない。鑑直は父に声をかけ、互いに肩を貸し合って何とか古後屋敷へと戻った。

六

薬売りの周囲にだけ、戦の気配がない。鑑直は気にしてはいたが、庭に面して端座しているだけの男をかまっている暇はなかった。

「傷の重い者は奥へ。父上もまずは体を休めてください」

屋敷から打って出た帆足衆は総勢二百。無傷で帰った者は五十に足りず、戦場で命を落とした者は百を数えた。

「男衆が減るな。山仕事も狩りも大変になるぞ。残ったものは頑張ろうな」

孝直は努めて明るく皆に声をかけていた。

「さあさあ、次に挙げる首は新納か島津か」

大きく張った声には精一杯の空元気が籠《こ》められ、無言の屋敷に響く。

小梅はただ一人、門の矢倉に仁王立ちになって、遠巻きに取り囲んでいる島津勢を睨みつけている。鏃《やじり》や銃弾は小梅には届かない。届く距離に近づくことすら、勇猛無比の島津軍に躊躇《ためら》わせている。その躊躇いの源は、戦場に散らばっている味方の遺体だ。小梅の行く手を遮った者は四散して原形をとどめない。百戦錬磨の島津軍であっても見たことのない凄惨《せいさん》なものであった。

戦場のむごたらしさにいくら慣れていても、己の想像をはるかに超える死に方を目にしては戦士たちの足もすくもうというものだ。

小梅はもうそれでいいと思っていた。

ここには鬼がいる。鬼に逆らっては無様な死に方をするだけだ。狐狼のように狡猾《こうかつ》な島津の武将たちがそれを理解できぬはずはない。

もう何度も警告は与えた。戦えば戦うほど、小梅の中の鬼は強くなっていく。薬売りや鑑直に言われなくても、自分の中に、中というよりはすぐそばに得体の知れないモノがいる。

山の捨て子として拾われた自分が物心がついた時から、それは常に小梅と共にいた。その気配は山と戦い方の全て、生き残り方と敵となった者をいかに痛めつけるかという全てを教えてくれた。

その力のおかげで誰にも面と向かって罵《ののし》られることはなかったが、そのことを快適に思ってしまい、陰口に気づくのが遅れてしまった。

一族のために戦うほどに、仲間のために勝利を得るほどに、自分が最も近くにいたいと思う人たちとの距離は逆に遠ざかっていった。

そんな時でも常に彼女の傍らにあったのは、この異様な力を授けてくれた人とも獣とも異なるその「鬼」だった。

島津の侵攻を境に「鬼」は急速に形をあらわにし始めた。山と水と風の強さを一身に集めたようなその巨大な姿を、小梅はありありと脳裏に思い浮かべることができた。

この力が総勢数万に上る島津と互角に戦う力の源だ。それでも、その力を目にしてもなお人々は小梅を許してくれなかった。ただ一人、夫となった人を除いては。

まだ、討たれるわけにはいかない。

「形《かたち》が明らかになった？」

傍らには薬売りが立ち、ゆっくりと頷《うなず》いた。「まだ」戦う姿ではない。彼の言う真《まこと》と理《ことわり》は明らかになっていない。

「抑えましたね」

「抑えが利かなくなってる」

「それで良いのですよ」

この男はその時を待ちかねている。楽しみにしているのかどうかはわからないが、心待ちにしている。

「全てを解き放つのです」

薬売りがそれまで隠していた己を解き放つ瞬間は、どのような気分なのだろう。痛みがあるようには見えないが、モノノ怪がどれほど強くとも決して退かないし諦《あきら》めない。

「解き放つ理由は？」

「真と理が明らかになるからです」

「それは知ってる。どうして薬売りは異形の姿になってまで戦うのかを知りたい」

「そこにモノノ怪がある限り」

この男は自分をからかっているのではない。それが答えだから、そう言っているだけなのだ。小梅の武勇は他者の心をこじ開けられるわけではない。だがこの男を叩《たた》き潰《つぶ》してみれば、何かわかるのではないか。

「良いのですよ」

見透かしたように薬売りは言う。モノノ怪のあるところに薬売りは現れるという。ではモノノ怪もその気配を敏感に察するのか。屋敷を遠巻きに包囲しつつ、島津の軍勢が動きを変えていった。

七

地響きが山々に轟《とどろ》いている。軍勢が大蛇のように身をくねらせて動き始めていた。

「このまま角牟礼に攻め上るつもりだ……」

背後を衝《つ》きたいところだが、島津側も当然手を打っている。包囲した陣で屋敷の四方を完全に閉じてしまった。助勢に出ようとすれば敵味方共に大きな犠牲が出る。

「しかし、このまま見過ごすわけにはいくまいな」

孝直の声にまだ力は残っていたが、疲労が激しい。隠しているが、深手を負っていることはわかっていた。そして小梅もそれを見抜いている。

「今度は私たちが戦う番です」

「……小梅は今日と同じく屋敷に残って欲しい」

「昨日の私をご覧になりましたよね？　戦に勝つにはあの力が必要です」

鑑直がつま先立ちになり、小梅の肩に手を置く。

「それでも、俺たちがまず戦うから。小梅は屋敷からよく戦況を見て、大弓で俺たちを助けてほしい」

それでは勝てっこない。だが、鑑直の瞳はまっすぐに小梅を見つめている。この瞳をしている時の鑑直が好きだったが、今はどうしても抗《あらが》いたかった。ここで自分が出なければ皆が討ち死にしてしまう。

「死ぬつもりはないし、戦にも勝つ。島津の本隊は角牟礼に向かったが、あの城は簡単には落ちないのはよく知ってるだろ？」

いつも遊んでいた山の一つが角牟礼城のある山だった。どの道を辿《たど》っても狭く険しく、それこそ大軍勢で攻め寄せてよい場所ではない。

「鑑直がどう言おうと、私は戦う」

だがその時、やめてくれ、と声がかかった。傷ついた帆足衆のうち、動ける者が広間に集まってきている。

「小梅さまは確かにお強い。昨日もその武勇のおかげで助かりました」

きまり悪げに言う。

「しかしあの時、我らは自力で血路を拓《ひら》く目算がありました。四方を囲まれていても全てが万全というわけではない。このあたりの地形は皆が熟知している。逃げることもできました」

「嘘だ！　私が助けなければ全滅していた」

小梅は無力感で膝《ひざ》をつきそうになるのを堪《こら》えながら言い返した。

「あなたがいなければ、島津はあれほどの大軍勢で玖珠郡に攻めてくることはなかった。奴らにとってこんな小さな郡、取っても取らなくても同じだ。我らは郡を出て他郷を攻める力はない。だが山に拠《よ》って守ることはできる。それさえ島津に思い知らせれば良かったんだ」

小梅はあまりのことに啞然《あぜん》としていた。これまで真正面からここまで罵られることはなかった。誰もが自分に遠慮していた。

「そもそも俺たちはあなたが怖かった。帆足に来る前から、摂津守さまは何故鬼の娘を拾って養っているのか。もしや他郷に攻め込もうとしているのか、皆が疑いに心を覆われた」

島津との戦という巨大な恐怖が、ついに小梅に対する遠慮を超えたのだ。小梅には怒りも悲しみもなかった。むしろ嬉《うれ》しくなってきた。

「だから、あなたには人に害をなすことなく山の中をさまよっていて欲しいんですよ!」

「貴様、小梅にどれだけ助けてもらったか忘れたか!」

怒りを爆発させた鑑直が男に摑《つか》みかかる。味方同士で争っている場合か! という孝直の叱責《しっせき》も届かず、激しい取っ組み合いになる。小梅は立ち上がり、襟髪を摑んで二人を引きはがす。

「わかった。やっと本当に思っていることを教えてくれたね」

引きはがされた帆足衆の男は恐怖に青ざめている。島津の軍勢とあれほど勇敢に戦っていた男が、味方であるはずの小梅に襟髪を摑まれて恐怖に震えている。この恐れの対象こそ自分の本当の姿なのだ。

「お、お許しを」

先ほどまであれほど罵っていたのに、許しを乞《こ》うている。小梅はどうして社に注連縄を張って神々を崇敬しているのかようやく理解した。恐れ奉り、敬して遠ざける。何故自分に鬼の力が宿ったのかはわからないが、ならば、望みどおりにしよう。

抑えていた何かが魂の奥底で沸き立っている。それがモノノ怪《け》の鬼というならそれでいい。薬売りが私を討つというならそれも受けて立とう。

「やめろ小梅！」

鑑直の声が遠くに小さくなっていく。

八

その代わりに、背中の筋肉が大きく盛り上がり、四肢から金剛の輝きを放つ戦士が浮かび上がってくる。この力に心を委《ゆだ》ねた時、真の力が目覚めるのだ。その望むところは完全なる破壊。行く手を遮る者は壊し、殺す。これまでずっと望んできたが、ひた隠しにしてきた。人の中でごく静かに暮らしたいと思うことなど、無理な話だったのだ。鬼として生きるならただ一人理解してくれればいい。鑑直が何かを叫んでいるが、それは全てを滅ぼした後でゆっくりと聞こう。

その時、薬売りの姿がすうっと浮き上がった。

「我と戦うか」

あの異人へと変化した薬売りなら、面白い戦いになるやも知れぬ。だが、まだ姿はそのままだった。

かちん、退魔の剣が歯を鳴らす。

「戦と血に飢え、敵となった者全てを滅ぼす殺意と敵意の権化。優しき少女がそこから目を背け、抑えつけてきたその葛藤《かっとう》こそが真《まこと》。だが、理《ことわり》を明らかにするのは……」

小梅はもはや薬売りを押しのけるようにして前に出る。得物の大長刀《なぎなた》が久方ぶりに藁《わら》づとのように軽く感じる。これが一閃《いっせん》するたび、いくつもの命が消し飛ぶだろう。炎と氷の力を放つたびに、その地は災厄に見舞われるだろう。門を開け、数町先の島津陣を見回す。百人ほどの帆足衆を相手に鉄砲も矢も長槍《やり》も騎馬も、無数の殺意をこちらに向けている。

「なんと心地よいことか」

これを壊し、殺せるのだ。

鬼の理はまだ明らかになっていない。その間に島津を全て片付け、この山も綺麗《きれい》にしてやろう。私には鑑直さえいればいい。愛する人と共にこの山で永遠に暮らそう。

自分の姿形がどうであるとか、夫は気にしないと言ってくれた。どれほど私の手が血にまみれていようと、どれほどこの姿が人とかけ離れていようと、夫は変わらず愛してくれる。

「そうでしょう?」

そう夫に呼びかけたが、その口から漏れ出るのは鬼の咆哮《ほうこう》だった。

無数の銃弾と鏃《やじり》が朝日にきらめいて飛んでくる。だがそれは、木の葉につく朝露ほどの儚《はかな》さでしかなかった。指先で一つ弾《はじ》けば、それは全て力を失って地に落ちる。どれほど勇ましい具足に身を包み、勇ましい旗印を掲げていようと、一皮剝《む》けば人はあまりに脆《もろ》い。

鬼御前の大長刀が一閃するたび、その拳《こぶし》が一度振るわれるたび、足が空を切り裂くたびにいくつもの命が消し飛んだ。それでもさすがは九州に覇を唱えんとする島津の精鋭だ。怯《おび》えを面に出すことなくひたひたと押してくる。

このまま総大将の首も取ってくれよう。それを山の頂に掲げておけば、いかに島津といえども、さらには天下人といえどもこの山を侵すことはできまい。

視界が朱に染まっていく。

そうだ。鬼は常に血煙の向こうに世を見ていたのだ。血に染まり、恐怖と絶望の中に溺《おぼ》れて息継ぎもできない。それが人の定めだ。だが私は違う。私だけが永遠の命と不滅の肉体を許されたのだ。

鬼御前の駆けるところ、敵の影は消えていく。傍らを見れば、夫以外誰もついてくることはできない。だがそれで十分だ。島津の兵は抗った分だけ死体の山を築いていく。夫を狙う者は全て私が粉砕する。私を狙う者ももちろん殺し尽くす。

やがて、島津の本陣が見えてきた。ひと際分厚い守りの中で、九州の覇者となろうとする男とその配下の名将たちが鬼御前の戦いぶりを見ているに違いない。

存分に見せてやろう。だがもう一息というところで鬼御前の腰の辺りに組みつくものがいた。無事にここまでたどり着ける人間はいない。いるとすればただ一人、夫だけだ。

「やっと捕まえた」

捕まえたとはどういうことだ。私と一緒に戦っていたんじゃないのか。

「俺は言ったはずだ。小梅は戦わなくていい。もう戦わなくていいんだ」

鬼御前は愕然《がくぜん》となった。夫ですらこんなことを言う。こうして人間は私を裏切るのだ。力だけを利用して、そしてもう用済みだと捨てるのだ。

甲高い悲鳴のような叫びが喉《のど》を通って行った。

九

もう何もかもいらない。何もかも壊してやる。膨れ上がった肉体がさらに熱を帯び、周りを焼き尽くそうとする。その時、炎を冷ますような乾いた音が、カチン、と大きく鳴った。

「島津の大軍勢すら滅ぼす力を持つ鬼をその形。敵となる者を全て滅ぼすその戦意と殺意こそその真。しかしてその理は」

鑑直との日々が脳裏に甦《よみがえ》る。自分を捨てた本当の親。空っぽになった心の中に山の記憶が注ぎ込まれていく。「侍の持ちたる地」を襲った無数の戦の記憶。限りない流血と涙、怒りと恐怖と絶望の記憶がいつしか祠《ほこら》の中に祭り上げられ、忘れられていく。

忘れられていくべき惨禍と忘れられることを拒む未練。平穏と静謐《せいひつ》を望みながら、流血と憎悪を繰り返そうとする。

「この地に流れる相反するその想いこそが、鬼の理。妙見菩薩《ぼさつ》に籠《こ》められしは憤怒《ふんぬ》と慈悲、強と弱、勇と怯《きょう》。忘却と想起、両極を一身に有する少女にのみ鬼は再生し、戦乱の記憶をこの世に顕現す。その連環を断つため、今、わが力を解き放つ！」

その声は薬売りと短剣が同時に発したように見えた。

二つの声が重なり、薬売りの体に異変が生じる。その衣と肉体を彩る、美しき隈取《くまどり》。

鬼御前はその姿にいいようのない身の焦がれを感じた。

この者と戦いたい。戦って勝ち、その魂を貪《むさぼ》り食いたい。

だが、その欲望に小梅自身が引きずられることはもはやなかった。彼女の手はしっかりと夫の手を握り、その夫の手の温かさと小ささと、そして力強さが小梅をがっしりと支えていた。

「私が身を捧《ささ》げるべきは鬼ではない」

それは愛する人だ。何を思われようと、愛そうとした故郷のために私は身を捧げる。

それこそが鬼と呼ばれているモノノ怪《け》がかつて抱いていた、美しき志のはずだ。

今や鬼は自ら形を得て、その真と理を以《もっ》て薬売りに対峙《たいじ》している。薬売りの短剣は今や巨大な退魔の剣となって鬼に斬りかかる。

その剣は鬼の身になかなか届かない。

鬼は今や、小梅の得物である大長刀をふるい、薬売りと互角以上に斬り結んでいる。

山が揺れ、風が荒れ狂って戦いを彩る。無数の心、無限の時を山は飲み込んできた。限りない命の怨念《おんねん》と未練が、底知れぬ活力となって薬売りの斬撃をも押し返す。

時の厚みと執念の重さ。それは鬼だけではない。小梅は息苦しくなった。双方の刃《やいば》が交錯する度、それぞれが抱えてきたものと背負ってきたものが火花となって散る。

鬼は山の力を我がものとし、木々の枝と根をその腕、巨岩を拳として襲い掛かる。それが薬売りの肌を切り裂き、肉を削《そ》ぐ。これまでモノノ怪相手に退くところを見せなかった異形の剣士が勢いに押されて数歩退いた。

何故鬼となってまで戦わなければならないのか。鬼と共にあった小梅にはもうわかっていた。鬼となるまで積み重なったその愛、その勇に応《こた》えるために必要なものは何なのか。止められない涙と共に戦いの趨勢《すうせい》を見守っていた小梅のくちびるが、不意に温かく柔らかいもので塞《ふさ》がれた。

「山に眠るじいちゃん、ばあちゃん。そしてずっとこの山のために生きて仲間と家族のために死んでいった、弔い山に眠る俺たちのご先祖たち！」

鑑直が叫んだ。

「約束する。俺たちはこれからも強く生きていく。俺と小梅が、もう誰も戦の中で命を落とさずに済むように道を探すことを誓うよ。この山で誰かを愛して、そして次の世に命をつないで、じいちゃんばあちゃん達が鬼になるまで心配してくれたこの山を守っていくから！」

ああ、我が夫は知っている。小梅はその小柄な体を抱きしめた。戦いのその先に連れて行ってくれる。

鬼の咆哮が山を揺るがした。

そしてその動きがぴたりと止まる。薬売りが剣を構え、一気に薙《な》ぎ払う。炎に包まれた鬼は樹齢数千年はあろうかという大樹となって、そして轟轟《ごうごう》と空を焦がした。島津の兵たちは目を見開き、膝《ひざ》をついてその様を眺めている。

そして鑑直は島津の君主に向かい、

「今、鬼御前はその鬼を捨てた。それでもまだなお兵を進めるというのであれば、我ら玖珠郡《こおり》衆《しゅう》は一人一人が鬼と化し、山の力を我が力としてあなたたちと戦うであろう」

憤怒の形相で聞いていた新納忠元の肩を島津公がとんとんと叩《たた》いた。そして、忠元が振り向いた時には、もう背中を向けて歩き出していた。忠元はがくりとうなだれ、左右に向かい退陣の備えをせよと命じると、重い足取りで主君の後を追った。

九重の山から島津丸十の旗印が全て消え、勝利の鬨《とき》の声が山間に響く。鑑直と小梅は恋をする少年と少女に戻り抱き合う。

「薬売りにお礼しないと」

小梅が慌てて言う。

「あんなに怖い目に遭ったのに？」

「怖かったけど、嫌じゃなかった」

ずっと目を背けたものとようやく向き合うことができた。鑑直の力はもちろんのこと、薬売りの存在がなければ一歩を踏み出せなかった。だが、薬売りの姿は郡のどこにも見当たらない。

「モノノ怪、もうみんないなくなったんだね」

「人の世のある限り、モノノ怪はいる。そして私も」

薬売りに耳元で囁《ささや》かれたような気がして小梅は飛び上がる。だが飛びすぎないようしっかり握られた夫の手に気づいて、すぐに跳躍を止めた。

「誰がなんと言おうと、私は人として生きるよ」

「もう絶対に戦場に立たせないからな！」

鑑直が鬼に向けて誓った通り、これ以降玖珠郡衆が戦うことはなかった。新たな天子が天下を一統するにあたって国衆たちの多くは武器を捨て、ただ山の民として生きることを選んだという。

本書は書き下ろしです。

モノノ怪《け》　鬼《おに》

仁《に》木《き》英之《ひでゆき》

令和６年　６月25日　初版発行
令和６年　９月15日　５版発行

発行者●山下直久

発行●株式会社KADOKAWA
〒102-8177　東京都千代田区富士見2-13-3
電話　0570-002-301(ナビダイヤル)

角川文庫 24201

印刷所●株式会社KADOKAWA
製本所●株式会社KADOKAWA

表紙画●和田三造

●お問い合わせ
https://www.kadokawa.co.jp/（「お問い合わせ」へお進みください）
※内容によっては、お答えできない場合があります。
※サポートは日本国内のみとさせていただきます。
※Japanese text only

ISBN 978-4-04-114097-0　C0193

◆◇◇

角川文庫発刊に際して

角川源義

第二次世界大戦の敗北は、軍事力の敗北であった以上に、私たちの若い文化力の敗退であった。私たちの文化が戦争に対して如何に無力であり、単なるあだ花に過ぎなかったかを、私たちは身を以て体験し痛感した。西洋近代文化の摂取にとって、明治以後八十年の歳月は決して短かすぎたとは言えない。にもかかわらず、近代文化の伝統を確立し、自由な批判と柔軟な良識に富む文化層として自らを形成することに私たちは失敗して来た。そしてこれは、各層への文化の普及滲透を任務とする出版人の責任でもあった。

一九四五年以来、私たちは再び振出しに戻り、第一歩から踏み出すことを余儀なくされた。これは大きな不幸ではあるが、反面、これまでの混沌・未熟・歪曲の中にあった我が国の文化に秩序と確たる基礎を齎らすためには絶好の機会でもある。角川書店は、このような祖国の文化的危機にあたり、微力をも顧みず再建の礎石たるべき抱負と決意とをもって出発したが、ここに創立以来の念願を果すべく角川文庫を発刊する。これまで刊行されたあらゆる全集叢書文庫類の長所と短所とを検討し、古今東西の不朽の典籍を、良心的編集のもとに、廉価に、そして書架にふさわしい美本として、多くのひとびとに提供しようとする。しかし私たちは徒らに百科全書的な知識のジレッタントを作ることを目的とせず、あくまで祖国の文化に秩序と再建への道を示し、この文庫を角川書店の栄ある事業として、今後永久に継続発展せしめ、学芸と教養との殿堂として大成せんことを期したい。多くの読書子の愛情ある忠言と支持とによって、この希望と抱負とを完遂せしめられんことを願う。

一九四九年五月三日

角川文庫ベストセラー

モノノ怪　執　仁木英之

和製ホラーアニメ『モノノ怪』に登場する謎多き薬売りのスピンオフ小説。モノノ怪あるところに現れる薬売り。「形」「真」「理」の3つが揃うとき、薬売りの持つ〝退魔の剣〟の封印が解かれ、モノノ怪を斬る！

黄泉坂案内人　仁木英之

タクシー運転手の速人が迷い込んだのは、この世とあの世の狭間を漂う入日村という不思議な場所。そこで会った少女・彩葉と共に、速人は迷える魂の「未練」を解く仕事を始めるが……心にしみこむ物語！

黄泉坂案内人　少女たちの選挙戦　仁木英之

この世とあの世の狭間の入日村で迷える魂を救う仕事をしている、元タクシー運転手の速人と少女・彩葉。「マヨイダマ」となった死者の心残りを解決していく日々のなか、大災害により多くの魂が村を訪れて……。

黄泉坂案内人　愛しき約束　仁木英之

この世とあの世の狭間の入日村で、迷える魂を救う仕事をしている、元タクシー運転手の速人。死者の心残りを解決する日々だが、速人は「この世」に残してきた妻と娘のことがいつも気にかかっていた。

立川忍びより　仁木英之

ブラック企業を辞め、立川市の中華料理店で引きこもっていた多聞。両親の借金のカタに見合いをさせられた相手は……現代の「忍者一家」で過ごすことになった青年の、はちゃめちゃな日常を描く成長物語！

角川文庫ベストセラー

Another（上）（下）　綾辻行人

1998年春、夜見山北中学に転校してきた榊原恒一は、何かに怯えているようなクラスの空気に違和感を覚える。そして起こり始める、恐るべき死の連鎖！名手・綾辻行人の新たな代表作となった本格ホラー。

深泥丘奇談《みどろがおかきだん》　綾辻行人

ミステリ作家の「私」が住む〝もうひとつの京都〟。その裏側に潜む秘密めいたものたち。古い病室の壁に、長びく雨の日に、送り火の夜に……魅惑的な怪異の数々が日常を侵蝕し、見慣れた風景を一変させる。

深泥丘奇談《みどろがおかきだん》・続《ぞく》　綾辻行人

激しい眩暈が古都に蠢くモノたちとの邂逅へ作家を誘う。廃神社に響く〝鈴〟、閏年に狂い咲く〝桜〟、神社で起きた〝死体切断事件〟。ミステリ作家の「私」が遭遇する怪異は、読む者の現実を揺さぶる――。

Another エピソードS　綾辻行人

一九九八年、夏休み。両親とともに別荘へやってきた見崎鳴が遭遇したのは、死の前後の記憶を失い、みずからの死体を探す青年の幽霊、だった。謎めいた屋敷を舞台に、幽霊と鳴の、秘密の冒険が始まる――。

深泥丘奇談《みどろがおかきだん》・続々《ぞくぞく》　綾辻行人

ありうべからざるもうひとつの京都に住まうミステリ作家が遭遇する怪異の数々。濃霧の夜道で、祭礼に賑わう神社で、深夜のホテルのプールで。恐怖と忘却を繰り返しの果てに、何が「私」を待ち受けるのか――!?

角川文庫ベストセラー

ゴーストハント7 扉を開けて　小野不由美

能登からの帰り道、迷って辿り着いたダム湖。そこにナルが探し求めていた何かがあった。「オフィスは戻り次第、閉鎖する」と宣言したナル。SPR一行は戸惑うも、そこに廃校の調査依頼が舞い込む。驚愕の完結。

私の家では何も起こらない　恩田　陸

小さな丘の上に建つ二階建ての古い家。家に刻印された人々の記憶が奏でる不穏な物語の数々。キッチンで殺し合った姉妹、少女の傍らで自殺した殺人鬼の美少年……そして驚愕のラスト！

巷説百物語　京極夏彦

江戸時代。曲者ぞろいの悪党一味が、公に裁けぬ事件を金で請け負う。そこここに滲む闇の中に立ち上るあやかしの姿を使い、毎度仕掛ける幻術、目眩、からくりの数々。幻惑に彩られた、巧緻な傑作妖怪時代小説。

続巷説百物語　京極夏彦

不思議話好きの山岡百介は、処刑されるたびによみがえるという極悪人の噂を聞く。殺しても殺しても死なない魔物を相手に、又市はどんな仕掛けを繰り出すのか……奇想と哀切のあやかし絵巻。

後巷説百物語　京極夏彦

文明開化の音がする明治十年。一等巡査の矢作らは、ある伝説の真偽を確かめるべく隠居老人・一白翁を訪ねた。翁は静かに、今は亡き者どもの話を語り始める。第130回直木賞受賞作。妖怪時代小説の金字塔！

角川文庫ベストセラー

前巷説百物語　京極夏彦

江戸末期。双六売りの又市は損料屋「ゑんま屋」にひょんな事から流れ着く。この店、表はれっきとした物貸業、だが「損を埋める」裏の仕事も請け負っていた。若き又市が江戸に仕掛ける、百物語はじまりの物語。

西巷説百物語　京極夏彦

人が生きていくには痛みが伴う。そして、人の数だけ痛みがあり、傷むところも傷み方もそれぞれ違う。様々に生きづらさを背負う人間たちの業を、林蔵があざやかな仕掛けで解き放つ。第24回柴田錬三郎賞受賞作。

遠巷説百物語　京極夏彦

遠野は化け物が集まんだ。咄だって、なんぼでも来る——。市井の噂話を調べる祥五郎のもとに、奇異な「咄」が舞い込む。江戸末期の遠野を舞台に「化け物退治」が幕を開ける。大人気「巷説百物語」シリーズ！

文庫版　豆腐小僧双六道中　ふりだし　京極夏彦

豆腐を載せた盆を持ち、ただ立ちつくすだけの妖怪「豆腐小僧」。豆腐を落としたとき、ただの小僧になるのか、はたまた消えてしまうのか。「消えたくない」という強い思いを胸に旅に出た小僧が出会ったのは!?

ふちなしのかがみ　辻村深月

冬也に一目惚れした加奈子は、恋の行方を知りたくて禁断の占いに手を出してしまう。鏡の前に蠟燭を並べ、向こうを見ると——子どもの頃、誰もが覗き込んだ異界への扉を、青春ミステリの旗手が鮮やかに描く。

角川文庫ベストセラー

きのうの影踏み　辻村深月

どうか、女の子の霊が現れますように。おばさんとその子が、会えますように。交通事故で亡くした娘を待ちわびる母の願いは祈りになった――。辻村深月が〝怖くて好きなものを全部入れて書いた〟という本格恐怖譚。

水木しげるコレクションⅠ 鬼太郎の地獄めぐり　水木しげる

日本・妖怪漫画の金字塔「ゲゲゲの鬼太郎」から珍しい作品を選んだ傑作選シリーズ。地底の世界の地獄をテーマにした作品を収録。博物学者荒俣宏氏との師弟愛あふれる「鬼太郎、陰陽五行対談」つき。

水木しげるコレクションⅡ ねずみ男とゲゲゲの鬼太郎　水木しげる

ねずみ男が結婚!? ところが結婚サギにあいお金をとられてしまった！ 無欲な鬼太郎に対して、お金に貪欲なねずみ男。ねずみ男誕生の秘密がわかる荒俣宏氏との「鬼太郎、陰陽五行対談」つき。

水木しげるコレクションⅢ 雪姫ちゃんとゲゲゲの鬼太郎　水木しげる

鬼太郎に妹がいた!? 墓場で拾われた鬼太郎の妹、雪姫ちゃんが西洋妖怪と大激闘！ 月大陸の大王が人々を襲ったり、人魚の女王との交流をしたり、鬼太郎と仲間たちがみたこともない冒険を繰り広げる第三弾。

水木しげるコレクションⅣ ゲゲゲの森の鬼太郎　水木しげる

妖怪の力を封じる一族との戦いを描いた「妖怪危機一髪」。食べると体にカビが生える豆腐の恐怖を描いた「豆腐小僧」など、自然との共存共栄をテーマに、人間社会への風刺も込められた作品集。シリーズ第四弾。